이 중에 네가 좋아하는
영화제 하나는 있겠지

©광명동굴국제판타지페스티벌

©난민영화제

©서울장애인인권영화제

©난민영화제

©춘천SF영화제

©서울배리어프리영화제

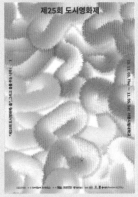
©도시영화제

©천안춤영화제

©도시영화제

©인디포럼

©그랑블루페스티벌

©목포국도1호선독립영화제

©서울국제음식영화제

©서울인디애니페스트

©목동워커스영화제

©레지스탕스영화제

©서울국제뉴미디어페스티벌

©무주산골영화제

©부산청년영화제

©서울국제대안영상예술페스티벌

©서울국제건축영화제

이 중에
네가 좋아하는 영화제

설레는
전국 영화제
여행

김은
지음

하나는 있겠지

남해의봄날

Section 3. 뜨겁고도 치열한 스크린 너머의 사람들

Section 4. 경계를 넘어, 모두가 함께 즐기는

OTT 시대에도 영화제를 찾는 이유

몇 년 전, 일로 영화 보기를 그만두었다. 넷플릭스라는 새로운 플랫폼이 생겨난 즈음이다. 지난 20년간 내 직업은 한 영화가 흥행하도록 알리고 유명하게 만드는 일이었다. 하지만 점점 아날로그 방식의 마케팅으로는 더 이상 관객들이 영화를 선택하지 않을 거라는 생각이 들었다. 직원들을 닦달하며 아이디어를 쥐어짜고, 밤을 새우며 보도 자료를 쓰는 미련한 방식도 그만두고 싶었다. 작품이 콘텐츠가 되고 유통이 플랫폼화 된 것처럼 나도 변해야 했다. 무엇보다 홍보 마케팅은 그 시대의 중심인 젊은 사람들의 일터여야 한다는 게 평소 내 지론이었다. 일선에서 물러나 나도 이제 영화를 즐기고 싶었다. 영화 홍보 담당자로서가 아니라 관객으로서 말이다.

그동안 내게 영화제는 일터인 동시에 잠시 들르는 쉼터 같은 곳이었다. 물론 맡은 영화를 홍보하기 위해 이 호텔과 저 호텔, 이 극장과 저 극장 사이를 땀나게 뛰어다녀야 했지만 일과가 끝난 후의 영화제는 동네에 벌어진 축제처럼 설렜다. 낮 시간의 초조함은 저 멀리 던져 버린 동종업계 사람들은 영화제 부근 여기저기에서 언제 그리 바빴냐는 듯 옹기종기 술자리를 벌여 회포를 풀었다. 그 시간이 참 편안하고 즐거웠다.

당시 나는 영화 일로 먹고살면서도 솔직히, 곳곳에서 열리는 수많은 영화제들이 왜 이렇게 많이 존재해야 하는지, 예산 낭비는 아닌지 의문을 갖고 있었다. 그런 내게 그 존재 이유를 실감케 한 영화제가 있다. '미쟝센단편영화제'다. 한 기업의 헤어 제품 브랜드 '미쟝센'의 후원을 받아 동명의 이름으로 출발한 이 영화제는 20년의 세월에 걸쳐 국내 굴지의 단편영화제로 자리 잡았으나, 내가 처음 만났던 2005년에는 고작 4회째를 맞은 작은 영화제였다. 2002년 작은 극장인 아리랑시네센터에서 시작했는데, 더 많은 사람과 만나기 위해 멀티플렉스인 CGV용산으로 상영관을 옮기면서 우리 팀이 영화제의 홍보 마케팅을 맡게 된 것이다. 그해 폐막식에서 나홍진 감독의 〈완벽한 도미 요리〉라는 작품이 절대악몽 부문 최우수작품상을 수상했다. 지금은 〈추격자〉와 〈곡성〉으로 잘 알려진 감독이지만, 당시엔 단편 데뷔작 하나뿐인 신인이었다. 그가 영화제에서 선보인 〈완벽한 도미 요리〉는 엄청나게 기발하고 기상천외한 작품이었고 신인다운 패기가 넘쳤다. 시간이 지나면서 자연스레 알게 됐다. 어쩌면, 영화제가 어떤 이에게는 관객을 만날 수 있는 유일한 창구이자 발판일 수도 있겠구나. 많은 사람이 영화제를 통해 상영의 기회를 얻고 영화인으로 데뷔해 왔다. 지금도 사정은 다르지 않다.

극장에 올리는 상업영화와 영화제의 영화는 상영 목적이 다르다. 전자는 관객에게 티켓을 팔아야 하는 영화, 후자는 세상에 보여 주고자 하는 영화다. 영화제마다 성격도 다른데, 부산국제영화제가 아시아전문마켓을 열어 거래를 활성화하는 곳이라면, 전주국제영화제는 최신 독립영화를 국내에 소개하고 관계자들과 매칭해 개봉을 돕는다. 부천국제판타스틱영화제는 다양한 장르영화 소개를 목적으로 한다. 영화인으로서 꿈을 가진 사람들의 등용문이자, 상업적인 것이 아닌 남다른 콘텐츠를 원하는 관객에게 영화제는 더없이 이상적인 축제인 것이다. 때문에 2022년 미장센단편영화제가 종료를 선언했을 때 아쉬움도 컸다.

나는 점점 더 '이번에는 또 어떤 새로움을 만날 수 있을까'
기대하며 매해 영화제를 기다리는 사람이 되었다. 물론 일이
시작되면 영화 무대인사, 관객과의 대화, 각종 매체 인터뷰
등을 소화하느라 정작 영화 한 편 마음 편하게 볼 수 없었지만
그 안에서 만난 작품과 사람은 늘 신선했고 함께하고 싶은
욕구를 자극했다. 내 취향도 점점 상업영화에서 독립영화로
옮겨 갔다. 새로운 작품, 감독, 배우를 만나는 재미에 푹
빠졌고, 그 연장선상엔 늘 영화제가 있었다.

우리 주변엔 생각보다 훨씬 다양하고도 생소한 영화제가
무수히 많고 또 계속 열리고 있다. 누군가에겐 이름도 처음
듣는 영화제도 많을 것이다. 현업에서 한발 물러났을 때,
유튜브 채널을 기획해 오픈한 것은 이런 개성 있는 영화제를
조금이라도 알리고 싶다는 마음이 들었기 때문이다. 타이틀은
'몹씨 궁금한 영화제'. '군중'을 뜻하는 mob과 '보다'를 뜻하는
see를 말도 안 되게 조합해 놓고, 이를 핑계 삼아 내게도
처음이자 남에게도 생소한 영화제들을 찾아다니기 시작했다.
그냥 한번 해 보자는 가벼운 마음이었다. 소규모 영화제 중
내가 보기에 가장 콘셉트가 확실하고, 개성 있는 영화제들을
찾아다녔다. 그리고는 매번 물었다.

"도대체 왜 이 영화제를 하세요?"

내 채널에 호의적이었던 건 구독자보다는 오히려 영화제
관계자들이었다. 그들은 본인들이 만든 영화제를 지켜보는
사람이 있다는 사실, 자신이 고른 영화 이야기를 들으러
오는 사람이 있다는 데에 반가워했다. 크든 작든 자신들만의
이야기를 어떻게든 선보이려고 애쓰는 사람들을 응원하고
싶은 마음도 컸다. 시간과 돈만 드는 이 일을 도대체 왜
하느냐고 매번 물어보아도 그들의 답은 대부분 같았다.

"하고 싶었거든요."

도무지 못 말리는 결론이다. 누가 언제 봐 줄지 모르지만
하고 싶은 이야기는 꼭 해야만 직성이 풀리는 뼛속 깊이
영화인인 사람들. 그들은 내 채널의 구독자 수가 미비한 게
미안한 마음이 들 만큼 진심이었고 나 또한 진심으로 그들을
만났다. 다만 서로 너무 진심이라 콘텐츠가 재미없다는 게
문제였다. 그래도 나만의 즐거움을 찾아 시즌2를 기획하고자
했던 2020년 초, 코로나19가 터졌다. 이렇게 대대적이고
파격적으로 업계에 타격을 줄 것이라고는 아무도 예측하지
못했다. 기존 상업영화들은 앞다퉈 극장이 아닌 플랫폼을
찾아들기 시작했고, 극장 매진 상영은 마치 영화 속 한
장면처럼 기약할 수 없었다. 영화제도 갈 곳을 잃었고 온라인

상영으로 전환하거나 플랫폼을 개발하는 방법으로 자구책을
마련했다. 영화제에서 진행하는 포럼과 각종 행사들은 온라인
라이브로 시청해야 했다. 영화인들은 거리로 나가 극장 상영을
정상화해 달라고 피켓을 들었다.

그런 와중에도 내가 영화제를 찾아다닌 이유는 뭘까. 처음에는
재미있는 영화제를 알려 보자고 시작한 일이었다. 하지만
다양한 영화제를 알면 알수록 진정 즐길 수 있는 영화제를 찾고
싶었다. 해마다 화려하게 개막하는 영화제 속 레드카펫처럼
영화배우를 비롯한 관계자들만 즐기는 것이 아니라 막걸리
한잔 편하게 걸치면서 볼 수 있는, 스스럼없이 언제나 갈 수
있는 만만한 동네 영화제 말이다. 그 유쾌한 신선함과 편안함을
직접 겪으며 소중히 기록하고 싶었다. 그곳에는 아직 세상에
발굴되기 전인 신인 감독과 정식 데뷔 전 배우들의 연기, 심의를
넘어선 기상천외한 작품의 매력을 마음껏 만날 수 있다. 그들
모두 더 많은 관객을 만나기를 기다린다.

이 책에서 나는 흔히 알 수 있는 영화제나 정보, 프로그램은
설명하지 않았다. 그보다는 영화제를 기획하고 진행하는
각양각색의 영화인과 그들의 열정, 영화, 공간, 현장감을
담고자 했다. 2017년부터 최근까지 다녔던 영화제들 중
선별했고 팬데믹 상황에 잠시 멈춘 영화제도, 아쉽게 사라진

영화제도 모두 담았다. 기록할 가치가 충분하다고 판단했기 때문이다. 그러니 들쑥날쑥한 영화제 답사기 혹은 탐방기, 방문희망기라고 해도 좋겠다.

점점 일상을 회복해 나가는 시기가 찾아왔고, 그 사이 한국영화는 칸, 아카데미에 이르기까지 전 세계를 종횡무진하며 저력을 보여 주었다. 봉준호 감독이 아카데미의 역사를 뒤집는 순간을 내 눈으로 보면서도 믿어지지 않고 마음이 벅차올랐다. 하지만 다른 한쪽에는 팬데믹으로 입은 타격을 회복하지 못한 극장들이 문을 닫고, 크랭크인도 하지 못하고 엎어진 수많은 영화 시나리오가 전전긍긍 애타게 기회만 바라고 있는 현실이 있다. 누군가는 말한다. OTT 시대에 누가 영화 하나 보러 길을 떠나겠느냐고. 하지만 영화제를 직접 찾아가 접한 영화 하나로 누군가는 인생이 바뀔 수도, 지워지지 않는 진한 추억을 얻을 수도 있다. 그만의 메시지와 색을 지닌 작은 영화제들이 더 많이 알려지기를, 사라진 영화제도 꼭 다시 개막하기를 책의 머리말을 빌어 간절히 바라본다.

SECTION 1.
훌쩍, 여행 삼아
떠나기 좋은 영화제

1

영화제 출장길은 늘 설렘이 가득했다. KTX를 예약하고 숙소를 정하는 과정, 스케줄을 짜는 일들이 모두 여행과 같았다. 서울 촌사람인 탓에 지역을 방문하는 일은 늘 신이 났다. 그 지역에서만 맛볼 수 있는 먹거리를 찾는 과정은 또 얼마나 즐거운지. 그곳에서만 볼 수 있는 유일무이한 풍광이 영화적 감성과 맞아떨어질 때는 그보다 더 충만할 수 없었다.

"캬~ 이런 맛에 영화 일 하지!"

영화제도 엄밀히 말하면 내겐 업무상 출장지였는데, 영화를 업으로 하는 주변 동료들을 둘러보면 그들도 왠지 영화제를 기다리는 듯했다. 그만큼 늘 하던 일과는 달리 재밌거리가 많고 추억을 쌓을 여지가 충분한 연중 행사다. 해마다 돌아오는 여름휴가처럼 우리는 그 시기를 기다렸다.

코로나 바이러스의 유행이 잦아들고 햇수로 3년 만에 다시 영화제를 찾았다. 대체 이게 얼마 만인가. 다시는 이렇게 맘껏 영화제를 즐기지 못할 줄 알고 꽤나 걱정을 했었다. 느슨하게, 혹은 본격적으로 각 잡고 영화 좀 즐겨 보겠다는 사람들이 여기저기에 모여 특유의 분위기를 형성했고, 나는 그 모습이 마냥 반가웠다.

네모난 빌딩숲 속 한없이 높은 건물 안 말고, 남다른 공간에서 만나는 영화. 멀티플렉스에서 벗어난 영화가 얼마나 매력적이고 이색적으로 다가올 수 있는지는 영화제에 가 본 사람들만이 안다. 영화제를 좋아하는 이들에게 당연히 부산과 전주를 빼놓을 수 없겠지만 조금 더 색다른 곳을 소개하고 싶다. 내가 경험해 본 곳 중 특색 있는 공간에서 열리거나 지역의 자랑거리가 될 만한 영화제들을 꼽아 봤다. 경기도 광명, 강원도 양양, 전북 무주, 전남 목포 등 지역도 다양하다. 비록 지금은 열리지 않는 아쉬운 영화제도 있지만 언젠가 다시 열리기를 희망하는 마음을 함께 담았다. 뉴욕 하면 뮤지컬, 파리 하면 미술관을 떠올리듯 지역과 함께 기억될 멋진 영화제들이다.

자연 속 건축가의 작품이
극장이 될 때

무주산골영화제

전북, 무주

TICKET

소문이 심상치 않았다. 업계의 '꾼'들만 감지할 수 있는 흥행조짐이 느껴졌다. 이름만 봐서는 산골에서 하는 그저 그런 영화제려니 싶었지만, 2회를 지나 3회가 되었을 무렵 영화관계자들이 앞다퉈 몰려가기 시작했다. 나도 가만히 있을 수 없었다. 푸릇한 초여름의 기운이 물씬 풍기는 6월, SNS 피드에 올라오는 덕유산의 정취가 나를 결국 그곳으로 이끌고야 말았다. 두근두근 산골로 떠나는 영화 여행이었다. 무주산골영화제가 열리는 전라북도 무주군은 인구 3만 명이 채 되지 않는 지역이다. 덕유산국립공원과 구천동 계곡이 있어 산세가 수려하고 물이 풍부하다. 덕분에 이 지역을 찾는 여행자도 많다. 이곳에는 도시에 흔한 멀티플렉스는 아예 존재하지 않는다. 무주예체문화관 안에 '무주산골영화관'이라는 이름으로 두 개 관을 합쳐 총 98석인 작은 상영관만 있을 뿐이다.

3만의 인구가 극장을 포함한 문화공간으로 사용하기에 턱없이 작은 공간이다. 그런데 이렇게 극장이 빈약한 곳에서 영화제를 연다는 것이 좀처럼 상상이 가지 않았다. 어떻게 이곳에서 영화제를 시작하게 된 걸까? 현재 부집행위원장을 맡고 있는 조지훈 프로그래머에게 전해 들은 개막 배경은 더욱 놀라웠다.

영화제는 보통 영화인들이 주축이 되어 준비하기 마련인데, 무주산골영화제는 지자체에서 먼저 영화인들을 찾아 나섰다고 한다. 아래 같은 말을 덧붙이면서 말이다.

"우리 지역에 영화제를 만들어 주세요. 그런데 극장이 없습니다."

누가 들어도 난감했을 상황이다. 극장 없는 산골마을에 난데없이 영화제를 만들어 달라는 주문도 그렇지만, 집 근처 영화관을 두고 도대체 누가 무주까지 가서 영화를 본단 말인가. 명분을 만들어야 했다. 그 출발선상에 조지훈 부집행위원장을 위시한 영화제 스태프의 밤낮 없는 고민이 있었다. 그렇게 소풍처럼 놀러갈 수 있는 영화제가 탄생했다.

자연과 함께 어우러진, 어디에도 없는 이색적인 영화관이
생긴 것이다.

가장 아름다운 운동장, 영화관이 되다

무주산골영화제에 꼭 가 보아야겠다고 생각한 또 하나의
이유가 있었다. 개막 장소인 '무주등나무운동장'이 故 정기용
건축가가 자신의 공공건축물 프로젝트 중에서도 중요하게
의미 부여를 한 결과물이기 때문이다. 내가 정기용 건축가를
알게 된 것은 정재은 감독의 〈말하는 건축가〉를 통해서였다.
정기용 건축가의 마지막 순간을 담은 이 영화에 깊은 인상을
받았고, 사람을 먼저 생각하는 그 따스한 마음이 건축물에
켜켜이 담겼을 것 같았다. 그래서 더욱 두 눈으로 보고
싶었다.

무주등나무운동장은 본래 평범한 공설운동장이었다고 한다.
본부석을 빼놓고는 햇볕과 비 한 방울 피할 곳이 없었다. 당시
군수는 운동장을 사용하는 군민들에게 시원함과 안락함을
주고 싶었다. 의뢰를 받아들인 정기용 건축가는 240여
그루의 등나무를 심어 아름답게 단점을 보완했고, 이름은
무주등나무운동장이 되었다. 이곳이 지금 무주산골영화제의
개막식과 개막작 상영을 담당하는 장소다.

실제로 찾아간 무주등나무운동장은 생각보다 크고
웅장했다. 운동장 가장자리를 둘러싼 객석 위로 플라스틱
차양이 아닌 그 자체로 멋지고 풍성한 등나무가 펜스를
타고 올라가 든든한 지붕과 울타리를 이루고 있었다. 초록의
싱싱한 지붕에서 5월이면 보라색의 등나무꽃이 우아하게
드리워질 테다. 어쩜 이리도 잘 관리를 했는지, 판타지
영화에나 등장할 법한 굽이진 줄기와 가지가 소용돌이친다.
누군가는 그저 운동장이네, 할 수도 있지만 학창 시절 시멘트
덩어리 운동장만 기억하는 나 같은 사람에게는 세월이 함께
만들어 낸 푸름이 그저 단순하게 보이지 않았다.

멋진 운동장을 가지고 있는 데다 군의 바람대로 근사한
영화제까지 이 멋진 공간에 열게 되다니. 무주는 무언가 꿈을
꾸면 이루어지는 동네인가 보다. 그 꿈을 보러 타지에서도
많은 사람들이 몰려와 함께 즐긴다. 운동장 무대는 개막식
장소가, 푸르른 잔디밭은 관람석이 된다. 곳곳에 알차게 자리
잡은 부스에서는 토종 막걸리와 수제 맥주, 맛있는 음식을
판다. 관객들은 직접 가져온 캠핑의자에 앉거나 돗자리를
깔고 누워 영화와 음식을 맘껏 즐긴다. 가족과 친구가
옹기종기 모여 영화를 감상하는 등나무운동장의 모습은
지켜보는 것만으로도 여유롭고, 이색적이며 마냥 즐겁다.

나도 그 안으로 풍덩 빠져들었다. 해가 떨어지기를 기다리는 사람들. 마을 전체가 어둑해질 무렵, 조명이 하나둘 켜지며 여름밤에 운치를 더한다. 그 순간 이곳은 대한민국에서 가장 아름다운 운동장이자 영화관이 된다. 무주산골영화제가 그린 모습 그대로다.

옛 영화와 공연이 있는 그들만의 개막작

2013년에 처음 문을 연 무주산골영화제는 당시 어떤 작품을 상영해야 하나 고민이 많았다고 한다. 특정한 연령대가 아니라 인근 지역 어르신들도 모두 함께 즐길 수 있는 영화여야 했다. 고민 끝에 이들은 '고전영화'를 떠올렸다. 그리고 무주산골영화제에서만 볼 수 있는 특색 있는 개막작으로 발전시켰다. 고전영화와 현대음악을 결합한 특별한 공연 형식의 개막작을 해마다 무대에 올리기로 한 것이다.

나는 영화뿐만 아니라 공연, 전시, 페스티벌 등 문화콘텐츠 분야 전반을 다루는 홍보대행사를 운영했었다. 그래서 유독 이 영화제의 개막작이 인상적으로 다가왔다. 개막작에 공연이 함께 오른다고? 명백한 일석이조의 현장이었다.

제5회 무주산골영화제는 1967년 작품이자 국내 최초 스톱모션 애니메이션인 〈흥부와 놀부〉를 레게음악과 콜라보레이션한 레게음악극 〈레게 이나 필름(Reggae inna Film), 홍부〉(연출 김태용, 윤세영)를 개막작으로 상영했다. 레게밴드 노선택과 소울소스의 연주가 기막히게 어울리는 멋진 무대였다. 서울에서도 한국영상자료원 정도나 가야 찾아볼 수 있는 고전영화들을 이렇게 운치 있게 감상할 수 있다니 놀라운 자리였다. 개막작을 기다리는 동안 나도 오랜만에 업계 후배들을 만나 인사를 나누고 가볍게 맥주 한잔으로 목을 축였다. 무주 군민들이 삼삼오오 모여 개발한 독창적인 메뉴들을 부스에서 사다가 안주로 삼았다. 모든 것이 좋아 보이는 건 나만의 착각인 건가. 개막작 시작과 함께 음악이 연주되자 아이들이 흥을 주체하지 못하고 운동장을 뛰어다녔지만 뭐라고 하는 사람이 한 명도 없었다. 그 모습마저 즐기며 하나같이 영화 속 한 장면인 듯 한가로웠다. 영화에 취하고, 음악에 취하고, 술에도 취하는 이들의 개막작은 참으로 특별했다.

2021년에는 무주 군민들의 참여로 완성한 장편영화 〈달이 지는 밤〉과 음악감독 모그, 이민휘의 라이브 연주가 개막작이었다고 한다. 무주의 색깔을 점점 입혀 나가고 있는 모습이 더 매력적으로 다가왔다. 놓치지 않고 꾸준히 이곳에 와 봐야겠다는 결심을 했다.

아날로그 영사기가 있는 야외 영화관

밤이 되면, 무주등나무운동장 앞에서 운영하는 셔틀버스에 오른다. 그렇게 30여 분을 달리면 내가 이 영화제에서 가장 좋아하는 공간에 도착한다. 덕유산국립공원 대집회장이라 부르는 야외 상영장이다. 차를 타야만 하는 다소 먼 거리지만 그럼에도 불구하고 이곳에 꼭 가야만 하는 이유가 있다. 바로 산비탈에 설치한 야외 스크린과 35m 필름 영사기가 있는 곳이기 때문이다.

사실 나는 낮에도 한 번 취재를 위해 서둘러 이곳에 먼저 들렀었다. 해가 지기 전, 밝을 때 35m 영사기를 보고 싶었기 때문이다. 영사 기사가 테스트 중일 때 도착해 덕유산 산기슭에서 필름 돌아가는 소리를 들을 수 있었다. 이제는 쉽게 들을 수 없는 그 소리가 나를 추억에 물들게 했다. 영화계에 발을 들였을 때 내 첫 직장은 종로의 옛 극장, 단성사를 운영하던 영화사였다. 당시는 여자가 영사실에 들어가는 것 자체를 금기시하던 요상한 시절로, 예고편 필름을 전달하기 위해 필름 깡통을 들고 영사실 문 앞에 서서 기사님을 기다리곤 했다. 그때 영사실 문 너머에서 필름 감기는 소리가 났다. 그 소리를 이런 산속에서 듣게 될 줄 몰랐다. 마치 〈시네마 천국〉의 주인공 토토가 된 것처럼 흥분되고 떨리는 순간이었다.

산비탈 중턱에 돗자리를 깔고 잠시 누웠다. 하늘이 바로 보였고, 눈을 내리깔면 멀리 스크린이 보였다. 밤이 아직 오지 않았어도 광경이 보이는 듯했다. 밤에 이곳을 찾을 관객들은 여름밤 하늘에 쏟아지는 별빛에 감탄할 것이다. 눈앞에는 그들이 선택한, 좋아하는 영화 한 편이 상영되고 있고 사이사이로 풀벌레 소리가 들린다. 영사기 필름 돌아가는 소리가 운율을 맞추면 머릿속이 잠시 아득해질지도 모른다. 현세인 듯, 전혀 다른 세상에 온 듯 헷갈리는 감각을 온몸으로 느낄 것이다. 초여름 산속의 기분 좋은 서늘함을 견디려 돗자리 위에서 담요나 외투로 몸을 싸맨 채 술 한 잔으로 몸을 데우는 사람들. 스크린을 바라보기만 해도 행복할 관객들의 모습을 상상하니 기분이 좋았다. 이곳에서 영화를 본다는 건 이 모든 것과 함께하는 것이다.

무주산골영화제에 방문한다면 무조건 1박 2일 이상을 추천한다. 그래야 야외에서 하는 야간 상영을 즐길 수 있다. 2022년, 다시 찾은 무주산골영화제는 10회를 맞이했다. 크고 작은 영화제가 넘쳐나는 가운데 10년을 꾸준히 달려왔다니 정말 축하할 일이다. 그 사이 입소문은 더욱 퍼져 이제 이 영화제는 관객들이 먼저 찾는 영화제가 되었다. 상영관도,

참여하는 부스도 더 늘어났다. 변하지 않은 등나무운동장에 감사하며, 담요와 돗자리, 두꺼운 겉옷과 간식거리, 맥주까지 잔뜩 싸들고 덕유산국립공원 대집회장으로 향했다. 〈비포 선라이즈〉와 〈비포 선셋〉, 〈비포 미드나잇〉 시리즈를 볼 마음에 벌써부터 마음이 설렜다.

집콕 영화관이나 도시 속 영화관에서 답답증을 느낄 즈음, 무주로 향하면 어떨까. 덕유산을 배경으로 계곡물이 흐르는 이색 영화관이 당신을 반갑게 맞이할 것이다.

바다, 서핑 그리고 영화

그랑블루페스티벌

강원, 양양

TICKET

시원한 바다 위에서 거대한 리듬을 타는 서퍼들. 주위에 점점 늘어나는 서퍼들을 보자면 아직도 신선하고 낯설게 느껴진다. 서퍼들의 천국이라는 양양은 어느새 이국적인 느낌이 물씬 느껴지는 바다 도시가 되었고, 그 흐름을 타고 들어온 사람들이 인산인해를 이룬다. 그런데 아직 내게는 낯선 유행인 서핑이 영화와 만났다는 소식을 듣고 호기심이 몰려왔다. 바다와 서핑, 그리고 영화라니. 누가 이런 생각을 했을까?

내가 알게 된 시점에 '그랑블루페스티벌'은 벌써 2회차였다. 궁금함을 참지 못하고 조사를 시작했다. 영화제 타이틀을 보자마자 1993년에 나온 바다 배경의 영화 〈그랑블루〉의

새파란 포스터가 먼저 떠올랐다. 강원도 양양 새파란 죽도해변에서 서핑을 즐기다, 밤이 되면 영화를 즐기는 축제. 그게 바로 이 영화제의 묘미다. 사실, 처음 영화제를 취재하기로 결심했을 때 세운 나름의 기준이 있었다. 3회 이상 진행한 영화제일 것. 그 이유는 일회성으로 끝나는 축제가 많기도 하고, 회를 거듭하며 영화제의 색깔이 명확해지기 때문이다. 또 한 가지는 대기업의 후원을 받는 영화제보다 자체 역량으로 개최되는 작은 영화제일 것. 이렇게 두 가지였다. 하지만 이 기준은 그랑블루페스티벌 앞에서 바로 무참히 박살났다. 아니나 다를까, 내 결심을 무력하게 만든 이 영화제 뒤에는 든든한 영화계의 베테랑이 당당히 버티고 있었다. 그가 모두와 즐기려는 목적으로 만든 영화제였다.

파도에 매혹된 영화인이 만든 축제

그랑블루페스티벌에는 미쟝센단편영화제를 20년간 이끌어 온 전 명예집행위원장이자 총감독 이현승이 있다. 그는 〈푸른 소금〉, 〈시월애〉, 〈그대 안의 블루〉 등 다양한 작품을 연출한 이력 또한 갖고 있다. 그런 그가 서핑에 푹 빠져 국내에서 손꼽히는 서핑 스폿인 양양 죽도해변 인근으로 이주했다.

그곳에서 이처럼 새롭고 신선한 영화제를 만든 것이다.

그의 열정은 원래부터 범접하기 힘든 경지였다.

미쟝센단편영화제를 함께할 당시에도 후배 영화인들에게 기회를 주기 위해 조언을 아끼지 않고, 발품을 파는 것도 마다하지 않는 명백한 열정파였다. 그래서일까, 양양에 그도 분명 쉬러 갔을 터인데 서핑을 즐기는 와중에 이곳에서 영화제를 하면 좋겠다는 생각을 하다니 놀라울 따름이다. 그뿐 아니다. 양양에서 〈죽도 서핑 다이어리〉라는 독립영화도 연출했다. 이 작품은 2019년 제20회 전주국제영화제에서 한국의 걸출한 독립영화들을 소개하는 코리아 시네마스케이프 섹션에 초청되기도 했다. 영화를 보고 나면 그가 왜 이곳에서 서핑을 하며 머무르고 있는지, 어떻게 이 영화제를 기획하게 되었는지 어느 정도 짐작할 수 있다. 파도를 만나 새로운 세상을 접했고, 그곳에서 새로운 생활을 시작하며 새로운 사람을 만난다. 그렇게 서서히 형성된 그들만의 문화와 거기에 마을극장이 만들어지는 과정까지. 영화는 영화제의 프리퀄이자 오프닝이었다. 답답한 도시를 떠나 바다로 향한 사람들, 그리고 파도를 만나 새로운 삶을 사는 이들의 영화 〈죽도 서핑 다이어리〉는 그들이 처음 느낀 시원함과 자유로움이 마치 스크린을 뚫고 나와 현실에 물결치듯 오버랩 되어 더욱 생생하다.

그랑블루페스티벌은 모두 야외행사로 진행된다. 나는 당시 인터뷰했던 김문희 프로그래머에게 비가 올 땐 어떡하냐고 질문한 적이 있다. 그런데 그 답이 인상적이었다.

"비가 오면 비 맞으면서 영화 봐야죠. 우비 드려요."

당당하다 못해 당돌한 이 영화제는 바닷가에 스크린을 설치하고 '그랑블루비치씨어터'라 부르며 영화를 상영한다. 이벤트로 서핑 강습을 하기도 하고 바닷가 환경보호를 위해 관객들과 함께하는 '비치클린' 캠페인을 진행하기도 한다. 이쯤 되면 대체 어떤 영화제인지 궁금할 것 같다. 미리 맛보고 싶다면 〈죽도 서핑 다이어리〉 관람을 추천한다. 출연한 주민들이 죽도 해변 곳곳을 답사하듯 안내하는 것은 덤이다.

블루 그리고 힐링

영화 〈그대 안의 블루〉, 그랑블루페스티벌, 그가 운영하는 무인서점 파란책방, 스튜디오 블루까지. 이름에 공통점이 있다. 대학에서 시각디자인을 전공한 이현승 감독은 유난히 '블루'란 단어를 좋아한다. 한 인터뷰에서 그는 블루를 좋아하는 이유에 대해 블루가 가진 양면성 때문이라고 했다. 자연에서 오는 파랑은 사람들에게 시원하고 밝은 느낌을 준다. 하지만 다른 한편으로 블루는 인간의 우울, 어두움을 표현하는 단어다. 그의 파란 감성은 영화는 물론 영화 사운드트랙이었던 '그대 안의 블루'에서도 드러난다. 모두가 가수 김현철, 이소라의 히트곡으로만 이 노래를 기억하지만 엄연히 작사 이현승, 작곡 김현철의 곡이다. 영화제 스태프 뒤풀이 당시 자꾸 불러야 돈이 들어온다며 직접 노래방 기계 버튼을 눌러 노래를 열창하던 이현승 감독 모습이 생생하다. 그때 생각에 피식 웃음이 난다. 그의 블루는 그렇게 밝음과 희망을 담은 또 하나의 영화제가 되었다.

인터뷰와 공식 홈페이지를 통해 엿본 영화제는 '스트레스 제로', '로망', '힐링' 같은 단어가 떠올랐다. 해변에 설치미술 작가들의 작품을 전시했고 화가들은 도로에 벽화거리를 만들었다. 영화제를 넘어 아트와 영화가 함께하는 페스티벌이었다. 예매 없이 현장에서 모든 일정을 확인할 수 있는 간편한 시스템으로 운영했다. 영화제 홈페이지에 공개한 지난해 하이라이트 영상에서는 파도 소리를 벗 삼아 해변에 모닥불을 피우고 먹거리를 나누며 한판 수다를 즐기는 사람들이 있었다. 보기만 해도 절로 미소가 지어지고, 엉덩이가 들썩인다. 갑갑함과 우울을 제대로 떨칠 수 있는 힐링 여행이 바로 거기 있을 것 같았다.

여느 영화제처럼 화려한 무대 의상도, 레드카펫도 없다. 큰 상영관에서 수백 편의 영화를 상영하지도 않는다. 얼굴 익숙한 배우들마저 휴가 온 사람인양 편한 복장으로 마이크 앞에서 인사하고, 관객들 역시 바닷가 패션으로 그저 영화와 바다, 그곳의 여름 분위기를 즐긴다. 소박한 바닷가 상영관에서 물과 바다를 소재로 한 영화들이 하루에 한두 편 상영되는 느슨한 영화제. 해마다 거창한 프로그램을 마련하기보다 '밤샘 상영', '새벽 요가' 같은 듣기만 해도 힐링되는 코너로 관객들의 참여를 유도한다. 예매 경쟁도 없으니 치열함도 없다. 선글라스를 쓰고 새카맣게 그을린 모두가 밤에 저마다 삼삼오오 모여 영화와 인생을 이야기한다.

영화인들이나 업계 관계자들은 모처럼 일이 아닌 여름휴가처럼 떠날 수 있는 영화제가 나타났다는 생각에 꼭 다시 가야지 마음속으로 일정을 짰다. 그러나 갑작스런 코로나19로 영화제는 2년간 휴지기를 가졌다. 이런 영화제는 진짜 없어지지 말아야 할 텐데⋯⋯. 불안한 마음과 설레는 마음에 이따금 홈페이지를 클릭해 보았다. 걱정이 무색하게도 그랑블루페스티벌은 2022년 9월 다시 문을 열었다. 개막작인 〈테이크오프: 파도 위에 서다〉의

훌쩍, 여행 삼아 떠나기 좋은 영화제

카피가 "넘어져도 괜찮아, 또 일어서면 되지"라고 쓰여 있었다. 마치 그동안 멈추어 있던 모든 이에게 하는 응원의 말처럼 느껴지는 건 나만이 아니었을 것이다. 이번엔 꼭 해변극장에서 영화를 보고, 비치클린도 하고, 난생 처음 서핑에도 도전해 볼까. 개막 소식을 알리는 팝업창이 뜨면 결코 망설이지 않을 것이다.

동굴 속으로 떠나는
판타지 여행

광명동굴국제
판타지페스티벌

경기, 광명

TICKET

필름은 이제 과거가 됐다. 그러나 지금처럼 디지털 방식이 점령하기 전, 모든 영화나 광고는 필름으로 촬영해야만 했고 필름 없이는 영화 상영도 불가능했다. 그리 오래 지나지 않은 일이다. 내가 사회 초년생 때 일했던 영화사는 영화 수입과 제작, 극장 운영을 동시에 했던 곳으로 창고에는 늘 필름깡통이 쌓여 있었는데, 큰 깡통에는 영화 본편이, 작은 깡통에는 예고편이 들어 있었다. 그 위에 매직으로 아무렇게나 쓴 영화 제목이 그저 멋스러웠다. 그 깡통 속에 수백, 수십 미터의 필름이 돌돌 말려 있었고, 큰 상자에 담겨 서울은 물론 지역 극장 이곳저곳을 떠돌았다. 수명을 다한 필름은 영화사의 작은 창고에 하나둘 쌓였다. 그 작은 필름 네모 조각이 어떻게 그리 큰 스크린에 비춰지는지 마냥 신기했다. 당시 내 아버지보다도 더 연세가 많으셨던 영화사 전무님은 어느 날 내게 직접 그 깡통을 열어 보라고 했다. 영화 예고편 필름이었다. 흰 면장갑을 끼고 햇살 드는 쪽을 향해 필름을 조심스레 비춰 봤다. 전무님은 "한 컷에 많은 사람들의 고생이 담겨 있다"며 "필름을 절대 함부로 다루어서는 안 된다"고 가르치셨다. 그 이후 나는 크든 작든 영화는 무척 소중한 작업의 결과물임을 잊지 않았다.

멀티플렉스 극장이 하나둘 문을 열고, 한 극장에서 수십 개의 상영관을 보유하면서 하나의 필름을 동시에 여러 상영관에서 상영하는 인터락(interlock) 시스템을 활용하기 시작했다. 하지만 지금은 모두 디지털화되었고, 심지어 이제 영화를 영화관에서만 볼 수 있다는 고정관념조차 깨졌다. 디지털 기기만 갖추고 있다면 어느 곳이든 영화관이 될 수 있다. 집은 당연지사에 산과 바다, 옥상은 물론이요 메타버스라는 가상공간에도 극장이 서는 마당이다.

그렇다면 아예 동굴은 어떠한가. 서울과 아주 가까운 어느 동굴 속에 극장이 있다. 바로 경기도 광명시 가학로에 있는 '광명동굴'이다. 동굴의 컴컴함은 당연하며, 어떤 사운드든 웅장하게 바꾸는 특유의 울림도 있다. 생각지도 못한

동굴이라는 공간이 이토록 판타스틱하게 작품에 몰입하게
만드는 이색 극장이 될 줄이야!

동굴과 판타지의 만남

한국관광 100선에 선정되기도 했다는 광명동굴은 과거
금과 은, 동과 아연 등을 채굴하다가 1972년에 폐광한
곳으로, 2011년 광명시가 광산을 매입해 동굴테마파크로
조성했다. 이곳에서 2014년부터 해마다 9월 즈음
'광명동굴국제판타지페스티벌'이 열렸다. 나는 5회째에 처음
가 보았으니 뒤늦은 방문이었다.

이 영화제를 알게 된 것은 2016년 〈반지의 제왕〉 시리즈
확장판 세 편을 연속 상영한 '익스트림영화제'라는 프로그램
때문이었다. 휴식 없이 장장 12시간 야외 상영으로 영화를
본다는 소식을 듣고 참 기막힌 기획이라 생각했다. 참여하지
못한 것이 무척이나 아쉬웠다. 동굴을 배경으로 험난하고
신비한 여정을 그린 판타지 영화를 본다는 상상만으로도
짜릿했다. 주인공 프로도와 친구들이 험한 돌산을 오를 때
마치 나도 그 속에 있는 것 같지 않았을까?

이 영화제가 더 인상적이었던 이유는 〈반지의 제왕〉 시리즈,
〈아바타〉 등의 제작에 참여한 뉴질랜드의 특수효과 회사

'웨타 워크숍'과의 협업 때문이다. 국내에서 여는 작은 지역영화제가 공모전 당선자에게 세계 굴지의 아트컴퍼니 해외 인턴십 기회를 제공하고 있었다. 동굴과 판타지 영화의 만남도 기막힌 조우인데, 아주 드물고 멋진 기회까지 제공한다니! 놀라운 일이었다.

내가 방문한 2018년에는 영화 〈신과 함께〉가 흥행에 성공을 거두며 한국영화계의 판타지 장르 가능성을 증명했던 때라 기대가 더 컸다. 알고 보니 이 영화제는 '페스티벌'이라는 큰 울타리 안에서 '국제 판타지 공모전', '판타지 콘셉트 디자인 전시회', '판타지 전문 영화제', 웨타 워크숍과 함께하는 '판타지 아카데미' 등 교육과 문화행사를 접목한 판타지 대축제였다.

부푼 기대를 안고 광명동굴을 찾아 떠난 날, 마침 비가 내렸다. 날씨 탓인지 동굴 주변으로 분위기가 오묘했다. 우리는 "분위기가 딱이야!"라며 감탄사를 연발했다. 여름 내내 폭염으로 지쳤던 우리를 맞아준 것은 1년 내내 11도를 유지한다는 시원한 공기였다. "와~"하는 소리가 동굴 안을 울리며 부메랑처럼 되돌아왔다. 조명이 화려한 '빛의 공간'을 지나 동굴 속 전시장인 판타지웨타갤러리에 도착했다. 말로만 듣던 실물 크기의 골룸과 간달프의 지팡이, '동굴의 제왕'이라 불리는 길이 41m, 무게 800kg에 달하는 국내 최대의 용 조형물이 전시되어 있었다. 동굴을 뚫고 날아갈 듯 기세당당한 용은 웅장함에 더해 살짝 공포심까지 일으키며 동굴의 메인 캐릭터로 자리 잡았다. 뉴질랜드 웨타 워크숍에서 직접 제작해 공수한 것으로, 판타지 장르 마니아들에게는 꽤 의미 있는 상징물이다. 그 주변으로는 지난해 판타지 공모전 입상작들을 전시하고 있었다. 제2의 반지의 제왕을 꿈꾸는 판타지 캐릭터들이었다. 이 영화제가 판타지 장르에 진심이구나 생각하게 만드는 구성이었다. 여기에는 판타지 장르 저변 확대를 꿈꾸는 주관사의 야심찬 계획이 담겨 있었다. ㈜한국판타지컨벤션협의회 조재홍 대표는 단지 판타지 영화만 즐기는 것이 아니라, 다양한 프로그램으로 관객들이 즐길 거리를 잔뜩 마련해 두었다. 판타지 캐릭터의 탄생 과정을 관객들과 공유하는 등 상상 속에서나 존재할 법한 캐릭터를 누구나 창조해 낼 수 있다는 것을 참가자와 관객들에게 전하고 싶은 마음이 곳곳에 묻어났다. 동굴 하나를 둘러싸고 이렇게 판타스틱한 기획이 벌어지고 있는지는 꿈에도 몰랐다.

그때만 해도 한국에서는 '콘셉트 디자인'이라는 단어가 익숙하지 않았지만 영화, 게임, 애니메이션의 캐릭터

개발과 배경 이미지를 만들어 낼 때 중요한 작업 중 하나다. 조재홍 대표에게 직접 프로그램과 개념 설명을 들으니 대한민국에서도 〈아바타〉 같은 작품이 나오지 않을까 하는 기대감이 들었다.

예상치 못한 동굴 극장의 복병

드디어 극장 안으로 들어간다. 내가 그토록 보고 싶었던 곳! 두근거리는 마음으로 동굴 안으로 조금씩 깊이 들어가니 이내 '동굴 예술의 전당'이라고 불리는 300여 석 규모의 극장이 나타났다. 말로만 듣던 동굴 속 극장이다. 하지만 이곳에서는 단편영화 상영과 공모전 시상식만 이뤄진다고 했다. 추위 때문이다. 장편을 보기에 동굴 안은 너무 추웠다. 아니 이런 복병이 다 있나. 예상치 못했다. 동굴에서 장편을 볼 기대를 했던 나의 마음은 판타지였나.

어쩐지 장편영화는 모두 야외 대형 LED 미디어 타워 스크린에서 상영하고 있었다. 특히 그해에는 〈매트릭스〉 5부작 시리즈, 옴니버스 애니메이션 형태의 〈애니 매트릭스〉, 게임 영상 〈엔터 더 매트릭스〉 상영이 주목 받고 있었다. 전 세계적으로 흥행한 SF의 세계관을 하루에 모두 경험할 수 있으니 마니아들 사이에서는 대형 스크린 관람이 더 특별했을지도 모른다. 나는 남모를 아쉬움을 뒤로 해야만 했다.

그리고 몇 년 후, 광명동굴을 다시 찾았다. 날씨가 좋아 더욱 쾌적했고 산책로와 야외 풍광이 시원하게 눈에 들어왔다. 바람막이 점퍼까지 단단히 챙겨 입고 들어선 동굴극장은 여전히 서늘했고 '동굴의 제왕' 위용은 역시 대단했다. 콘셉트 디자인 전시는 막을 내렸지만 극장에서는 4분여의 미디어 파사드쇼가 20분 간격으로 진행됐다. 동굴 내부의 바위와 천정을 모두 활용한 멋진 쇼였다.

이날 뒤늦게 알게 된 사실이지만 이 공간은 과거에 광부들의 휴식공간이었다고 한다. 그 공간이 미래에는 판타지를 꿈꾸는 장소로서 사람들에게 쉼을 주고 있었다. 설명을 들으니 더더욱 이곳에서 영화를 볼 수 있으면 좋겠다는 생각이 계속 맴돌았다. 판타지 세계로 여행을 떠나기에 너무나도 훌륭하고 손색없는 공간이 되리라.

그러나 아쉽게도 지금 이곳에서는 더 이상 영화제를 진행하지 않는다. 광명동굴 관계자의 말에 의하면 내가 찾아갔던 2018년이 영화제의 마지막이었다. 영화제라는 이름으로 공들인 5년의 시간도 아깝다는 생각이 들었지만 판타지 장르와 매력 찰떡궁합이었던 동굴에서 더 이상 영화를 볼 수 없다고 생각하니 더욱 아쉬웠다.

하지만 나의 개인적인 아쉬움과는 별개로 현재도 광명동굴은 재미있는 기획으로 사람들을 끌어 모으며 여전히 사랑받고 있다. 동굴테마파크로 자리 잡으면서 서울 근교의 이색 관광 명소로 입소문 났을 정도다. 다양한 동굴 속 볼거리 외에도 서늘함을 배가시킬 공포체험관, 소중한 추억을 보관해 주는 타임캡슐관 등 체험시설과 국산 와인만을 판매하는 와인동굴, 과거로 여행을 떠나는 VR체험관도 있어 관광객이 끊이질 않는다. 하지만 영화를 사랑하는 한 사람으로서 여전히 동굴 극장에 미련이 남는다.

물론 판타지 장르를 책임지고 있는 부천국제판타스틱영화제도 있지만 광명동굴국제판타스틱페스티벌처럼 그 공간이 주는 생생함과 새로움을 경험할 수는 없을 것 같다. 진지하게 제안한다. 〈반지의 제왕〉 시리즈라도 가끔 상영해 주시면 어떨까요? 네?

대한민국의 끝에서
꿈을 향해 달리다

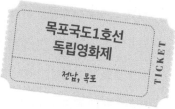

목포국도1호선
독립영화제

전남, 목포

TICKET

홀쩍, 여행 삼아 떠나기 좋은 영화제

너무 바쁜 시기에 결혼을 준비한 내게는 신혼여행이라는
게 따로 없었다. 남들보다 한참 늦은 나이에 다른 이와 함께
사는 인생을 선택한 터라 지나치게 현실적이 되어 버린
탓도 있다. 다른 신혼부부들처럼 용기 있게 다 버리고 세계
일주를 떠나기엔 벌여 놓은 일이 너무 많았다. 그럼 우리는
전국일주라도 떠나자! 정해 놓고는 앞으로 떠날 모든 여행을
신혼여행이라고 부르기로 했다.
아직도 전국에 못 가 본 곳이 많다. 그러니 우리 신혼여행은
여전히 진행 중이다. 떠돌아다니길 좋아하는 남편은 젊은
시절 시간 날 때마다 낚싯대를 메고 전국을 쏘다녀서 모르는
곳이 없다. 자신이 가 보지 않은 곳을 지도에 표시해 놓고

기회만 되면 핸들을 돌렸다. 심지어 내비게이션에

나타나지 않는 길에도 무작정 들어섰다.

목포도 그렇게 남편을 따라 들른 도시였다. 내 기억 속의 목포는

소녀상이 있는 구도심 거리, 우연히 먹은 민어간국, 또 무턱대고

들어간 이름 모를 아주 작은 섬으로 남아 있었다. 모 회장님

소유라는 그곳에서 우리도 섬사람이 되어 볼까 꿈꾸며 잠시

흥분도 했다. 그때는 그곳에 영화제가 있다는 것을 알지 못했다.

책 쓰기를 핑계 삼아 가 보지 못했던 영화제들을 더

찾아보자고 결심하고 가장 먼저 선택한 영화제가 바로

'목포국도1호선독립영화제'다. 벌써 9회째라고 해서 깜짝

놀랐다. 그간 왜 이 영화제를 몰랐을까? 아홉 해가 지나는

동안 얼마나 많은 이야기가 담겼을지 인터뷰 직전부터 마음이

두근댔다. 목포로 달리는 네 시간 삼십 분 동안 내내 산보다는

지평선이 보이는 드넓은 평야와 하늘을 더 많이 보았다.

강원도나 경상도로 향할 때와는 사뭇 달랐는데,

그렇게 달린 길이 바로 국도 1호선이었다. 우리나라 지도의

맨끝에 있는 도시, 목포에 그렇게 다다랐다.

지역에 영화로 문화를 만들겠다는 꿈

사실 좀 먼 곳이긴 했다. 더 많은 이야기를 듣고 싶은데 가고,

즐기고, 다시 돌아오느라 얘기를 충분히 할 수 없을까 봐
서면으로 사전 인터뷰를 했다. 정성우 집행위원장은 질문에
빼곡하게 답을 써서 회신했다. 답변이 적힌 파일을 여는 순간
그간의 고민과 노고가 한눈에 전해졌다. 이러면 나는 또
설렌다.

"지역에서 영화로 상상할 수 있는 다양한 문화들을 만들어
가며 사는 게 꿈입니다."

첫 질문인 자기소개에 대한 답변 첫 문장이었다. 주책없이 또
코끝이 찡하다. 왜 그에게는 영화제가 꿈이 되었을까?

목포국도1호선독립영화제가 개막하기 전, 목포는
독립영화나 단편영화를 볼 기회가 전혀 없는 지역이었다.
사실 목포뿐만이 아니다. 어지간한 도시가 아니면, 지역에서
독립영화를 상영하는 극장을 가까운 곳에서 찾기란 쉽지
않은 것이 현실이다. 9년 전 정성우 집행위원장은 다양한
영화를 지역민에게 소개하고 싶다는 가벼운 마음으로
영화제를 시작했다. 그렇게 시민들의 후원으로 6회까지
끌어오다 7회부터 영화진흥위원회 지원을 받을 수 있었다.
독립영화관 하나 없는 곳에서 맨땅에 헤딩을 시작한
그는 매번 이곳저곳을 떠돌며 영화를 상영했고, 급기야
2018년에는 시네마라운지MM이라는 독립영화관을

오픈하기에 이른다.

그런데, 영화제의 이름에 왜 '국도1호선'을 붙인 걸까? 1번
국도는 국내 최초의 국도인 동시에 전라남도 목포에서
평안북도 신의주까지 잇는 꿈의 국도이기도 하다. 지금은
갈 수 없지만 언젠가 꼭 갈 수 있겠지 하고 바라는 꿈이 이
영화제의 감성과도 잘 맞아 떨어져 이름에 붙였다고 한다. 그
이름처럼 영화제는 꿈을 향해 달리고 있었다.

역사가 깃든 지역의 문화공간

목포는 약 21만 인구가 사는 도시다. 서울과 비교하면 한 개
구 정도에 해당하는 수이지만, 과거의 목포는 우리나라 5대
도시 중 하나로 불릴 만큼 화려했고, 근현대 역사와 문화를
자랑하는 항구도시의 흔적은 영화제 개최 장소에 고스란히
묻어나고 있었다.

내가 방문한 해 개막식장은 목포해양대학교였다. 영화제
개막식 장소로는 2022년 처음 선정된 이곳 운동장에
스크린이 설치되어 있었다. 바다가 정면으로 보이고,
뒤로는 유달산이 솟아 있다. 탄성을 자아내는 광경이었다.
스크린 우측에는 대형 선박과 목포대교가, 좌측에는
목포해상케이블카가 운행되고 있었다. 마치 일부러 꾸며놓은

것 같이 기가 막힌 광경에 연신 감탄하며 카메라를 들이댔다.

개막작을 상영할 무렵 해안가에 어둠이 내려앉았다. 영화제 개막을 축하라도 하듯 해상케이블카 조명과 항구의 조명, 목포대교 조명이 삼박자를 이뤄 쉴 새 없이 반짝거렸다. 영화를 상영하는 동안 유람선과 어선이 스크린 뒤로 오가고 해변에서는 불꽃놀이를 했다. 영화에 집중하기가 쉽지 않았지만 그 모습마저도 "여기는 목포다!" 외치는 듯해 참석한 다른 이들도, 나도 그저 웃으며 자연스럽게 그 상황을 받아들였다.

개막작 이외의 모든 프로그램은 목포 만호동에 있는 건해산물상가거리 안 극장에서 진행했다. 전남 유일의 독립영화관인 시네마라운지MM. 신안군 수협건물 2층에 자리 잡은 이곳은 일제강점기 때 쌀을 수탈하는 창구로 사용했던 조선미곡창고 주식회사 목포지점 자리다. 근대 건물이라 외부와 내부가 레트로한 매력이 있고, 구조도 심상치 않다. 외벽에 노출된 계단을 따라 2층으로 올라가면 목조 구조가 고스란히 드러난 천장과 모던하면서도 독특한 창고형 영화관을 만날 수 있다. 극장에 들어와 이렇게 내부나 벽면, 천장의 모양을 유심히 바라본 것도 처음인 것 같다. 손으로 벽을 만져 보다가 '방음은 어쩌지' 하는 낭만

없는 소리를 잠시 지껄여 보았다. 하지만 서른일곱 석의

작은 공간에서 가만히 영화를 보고 있으니 마치 다른 시대,

다른 세상에 제대로 여행을 떠나온 기분이 들었다. '여기가

목포구나.'

앞으로 목포를 떠올리면 개막작 너머 보이던 야경과 이

독특한 창고형 극장이 제일 먼저 생각날 것 같았다.

가장 끝에서 늘 시작을 외치는 찐 로컬 영화제

지역에 고향이 있다는 것은 참 좋은 일인 것 같다. 게다가

내가 자란 곳을 위해 무언가 할 수 있다면 더 뿌듯하리라.

서울에서 나고 자란 나는 어린 시절 살았던 동네도

변했고, 처음 영화를 관람한 영화관도 사라지고 없다

보니 지역에서 만나는 그런 정서와 감성이 늘 부러웠다.

목포국도1호선독립영화제는 이러한 고향에 대한 마음과

감성을 자극한다. 그래서 따뜻하고 조금은 애틋하다.

영화제는 총 네 개 섹션으로 구성되어 있다. 평화에 관한

섹션인 '멀리뛰기', 목포 현지에서 제작한 로컬 제작 영화

섹션 '높이뛰기', 영화제에 첫 출품하는 감독들 섹션인

'도움닫기', 사회적 약자의 메시지를 담은 다양성 영화 섹션인

'장애물넘기'다. 뛰어넘어야 하는 문제들, 더 많은 기회가

필요한 사람들, 보듬어야 하는 사람들을 위해 지역 한편에서
무려 아홉 해 동안 고군분투한 노력이 섹션의 이름에서도
깊게 와 닿았다. 작품들을 보면서도 왠지 마음이 계속
말랑거렸다.

영화제가 주는 건 단지 영화만이 아니다. 지역과 공간, 그리고
이것을 꾸민 사람들이 담으려 한 감성이 한데 엉켜 공유되는
것이다. 그래서 영화제 관계자들에게는 모든 요소가
하나하나 소중하다. 목포라는 지역과 작은 극장, 그들의
이야기를 담은 영화, 그리고 그들을 찾아 주는 관객들까지
말이다. 정성우 집행위원장은 인터뷰 말미에 지금 극장에서
다른 곳으로 이사를 가야 할지도 모르겠다고 했다. 자세한
사정을 물어볼 수는 없었지만 영화제의 감성을 담을 만한
또 다른 장소를 찾고, 스타일을 입히는 노고가 들어갈 테니
벌써부터 고민이 많은 듯했다.

떠나기 앞서 목포의 추천 명소가 있냐고 묻는 내게 정성우
집행위원장은 영화제와 더불어 목포 앞바다의 크고 작은
섬들을 추천했다. 1004개의 크고 작은 섬들이 있어 이름
붙여진 다리 '천사대교'를 달려 압해도를 지나 면전해변까지
신나게 드라이브를 했다. 섬이 가득 모여 있는 광경이

어마어마한 장관이었다. 다시 꼭 오겠노라 다짐할 수밖에 없었다. 이제는 우리나라의 가장 끝에서 늘 시작을 외치는 목포국도1호선독립영화제가 있다는 것도 알았으니 조만간 또 국도1호선을 달리게 될 듯하다.

순천만세계동물영화제

반려동물과 함께 넓은 정원에서 캠핑을 하며 즐길 수 있는 영화제가 있다면? 2013년부터 자연과 동물, 인간의 조화로움을 전했던 이 영화제는 2018년 순천 출신 다큐멘터리 연출자인 박정숙 총감독을 만나 지역과 영화에 대한 애정을 아낌없이 품었으나 아쉽게 2019년으로 막을 내렸다. 꼭 다시 열렸으면 하는 영화제 중 하나다.

더 가 보고 싶은 영화제

섬진강마을영화제

지리산과 섬진강이 맞닿은 곳에서 1회 영화제의 소식이 들렸다. 소설가 김탁환과 함께 시작한 '섬진강마을영화제'. 기후위기와 지역소멸이란 소재를 함께 다루는 이 영화제는 곡성역과 섬진강 기차마을 인근 마을 공간에서 열린다. 여행 삼아 꼭 한번 들러 보고 싶은 영화제다.

일하러 온 영화인들의
연간 뒤풀이 장소,
부산국제영화제

요즘은 '부국제'라는 줄임 별칭으로 더 많이 불리는

부산국제영화제는 워낙 큰 영화제라 굳이 소개하지 않아도

모두가 다 알 것이다. 그러나 내가 소개하고 싶은 이야기는

부국제의 숨은 재미, 바로 뒷이야기 가득한 영화인들의

뒤풀이다. 관객들에게는 공개되지 않는 부국제 뒤풀이는

영화제보다 더한 재미와 스릴이 있다. 꼭 영화 관람이

아니더라도 뒤풀이를 위해 부산을 찾는 영화인들이 많은

것을 보면 알 수 있다. 누군가는 영화를 사고 팔기 위해,

누군가는 영화를 상영하기 위해, 누군가는 영화를 홍보하기

위해, 누군가는 새 영화를 관람하기 위해 그곳으로 몰려간다.

그러나 누군가는 제대로 한번 즐기기 위해 부국제를 찾는다.

훌쩍, 여행 삼아 떠나기 좋은 영화제

그 시절, 해운대 바닷가 앞 포장마차

1년에 한 번 부국제로 향하는 영화인들의 마음은 설렘으로
가득하다. 지방 출장이 아니면 딱히 기차를 탈 이유가 없는
내게 부국제는 연중 한 번은 꼭 열차를 타게 해 주는 꽤
신나는 일정이었다. 쉴 틈 없이 일하던 시절 어느 날, 선배가
부국제에 일하러 말고 놀러가 본 적이 있느냐고 물었다.
당연히 나는 "아니요"라고 답했는데 그해 선배는 더 묻지
않고 바로 부산행 티켓을 예약했다. 덕분에 영화 일을 한 지
10년 만에 처음으로 아무 계획도, 일도 없이 해운대 바닷가에
맥주 캔을 들고 철퍼덕 앉았다. 이곳저곳에서 스케줄에
맞춰 인터뷰를 진행하느라 낯선 골목을 뛰어다니지 않아도,
배우들을 챙기느라 꼼짝없이 호텔 안에서 대기하지 않아도
됐다. 솔직히 일 없이 그냥 있기란 조금 심심하기도 했지만,
해운대 앞바다에 있다 보면 갑작스레 아는 사람을 마주쳐 놀
확률도 높았으니, 해운대는 단연 부국제 시즌 대표 뒤풀이
장소다.

부국제 초창기, 해운대 바닷가 모래사장 위로는 포장마차가
줄지어 있었고 호주머니가 가벼운 영화인들이 간단한
해물안주에 소주 한잔을 곁들이기 좋은 분위기였다고 한다.

하지만 시간이 지날수록 호황을 누리던 이곳에 자꾸만 대형 횟집들이 들어섰다. 분위기가 바뀐 것이다. 심지어 해변 인근 주차장에 자리 잡은 포장마차 촌은 안주를 너무 비싸게 팔아 영화인들조차도 조금 꺼리는 장소가 되어 버렸다.

그럼에도 그 시절 그 분위기를 여전히 그리워하는 이유는 작고 허름한 포장마차의 소탈한 분위기에서 배우와 감독, 기자 등 영화관계자 너 나 할 것 없이 다닥다닥 붙어 앉아 누구든 붙잡고 영화 이야기를 할 수 있었기 때문이다. 공통으로 좋아하는 소재를 앞에 두고 정해지지 않은 어느 누군가와 무한 수다를 나눌 수 있는 곳이 얼마나 될까.

나도 언젠가 친한 기자와 무심코 포장마차 앞을 지나다, 함께 작품을 했던 배우와 우연히 만나 소주 한잔을 기울인 적이 있다. 그 자리엔 어느새 배우의 팬까지 합석하여 2차, 3차까지 술자리가 이어졌다. 그곳에서만큼은 스크린에 등장하는 화려한 배우도, 예민하게 촉을 세워 취재 아이템을 찾는 기자도, 어떻게든 작품을 알리기 위해 기를 쓰는 홍보 담당자도 자신의 본분을 잠시 내려놓는다. 아니, 그러기를 원한다. 그저 인간 대 인간으로 서로를 응원하며 격려하는 추진력만 생긴다.

"내가 너 이해하잖아. 그래, 술이나 한 잔 마셔. 잘해 왔잖아."

훌쩍, 여행 삼아 떠나기 좋은 영화제

지금도 영화제 기간, 골목골목에 숨은 해운대 맛집에서 종종 볼 수 있는 장면들이다.

즐기기로 작정한 영화인들의 축제의 밤

언제부턴가 부국제 메인 행사는 해운대와 남포동 인근에서 센텀시티 부근으로 모두 이동했다. 하지만 부국제를 찾는 많은 이들은 여전히 숙소를 해운대 근처로 잡는다. 그래야 약속을 따로 하지 않아도 영화인들을 자연스럽게 만나 술잔을 기울일 수 있기 때문이다.

또 하나의 하이라이트는 다양한 작품 홍보를 위해 여기저기서 벌어지는 '뭐뭐뭐의 밤'이다. 영화인의 밤도 있고 대기업 영화팀에서 주최하는 특정 테마의 밤도 있다. 작은 영화들은 작은 술집에서, 대형 영화들은 호텔을 빌려서 진행하기도 한다. 주최자들은 물론 제작진, 관련 스태프, 언론사 등 관계자를 모두 초대해서 한바탕 스트레스를 푸는 자리를 마련하는 이들만의 밤 문화다.

칸 영화제와 같은 국제 영화제의 경우 공식 행사에서 배우를 비롯한 모든 관계자가 남자들은 나비넥타이, 여자들은 드레스를 입고 월드프리미어와 같은 첫 상영 영화들에 예의를 갖추지만 우리나라는 영화제 레드카펫을 제외하고는 다른 참석자의 드레스 코드가 별도로 정해져 있지 않다. 그러나 이날만큼은 호스트들이 턱시도에 나비넥타이를 갖추고 게스트들을 맞이한다. 배우만 반짝이 입으란 법 있냐, 나도 한번 입어 보자. 그날은 기자들도, 관계자들도 파티 의상으로 기분을 낸다.

주최사는 그에 부응하기 위해 그 시점 최고의 인기 아이돌과 같은 초호화 게스트를 초대해서 함께 즐기는 무대를 만들기도 한다. 작은 호프집이나 주점을 빌린 영화사들도 참석한 사람들을 위해 소소한 프로그램을 진행하여 선물을 증정하는 등 즐거움을 위한 만반의 준비를 한다. 물론 그것마저도 일인 이들도 있지만 어찌 되었건 취향에 따라 이런저런 뒤풀이를 선택할 수 있다는 게 중요한 사실이다. 즐기기로 작정한 영화인들은 마음껏 영화인의 하룻밤을 즐긴다.

우린 오프 더 레코드

공식적인 자리가 아니어도 좋다. 영화제 기간 동안 해운대 인근 술집은 매일이 이벤트다. 들어서면 자연스럽게 인사를 나눌 정도로 많은 영화인이 한자리에 모인다. 영화로 한창 바쁜 사람도, 영화를 잠시 쉬고 있는 사람도, 영화인들을 보기 위해 들른 관객들까지 많은 이들이 뒤섞여 술을 마신다. 때로는 영업의 현장이 되기도 한다. "어떤 영화 샀어?", "다음 라인업은 어떻게 돼?" 구두로 자연스럽게 계약이 성사되기도 한다. 때로는 묻지 마 채용 현장이 되기도 한다. 은근 사장님들이 긴장하는 장소다. "누구 직원 일 잘한다면서요?" 하는 말 한마디와 술 한 잔에 소중한 직원을 빼앗길 수도 있다. 때로는 남녀 간 미팅 현장이 되기도 한다. "엇! 영화 일하세요? 저는 OOO에서 온 사람인데 영화를 너무 좋아해서요." 이처럼 영화라는 공통의 소재로 자연스럽게 대화를 유도하는 이들도 종종 있다. 그렇지만 아직까지 장기 연애에 성공한 사람을 내 주변에서는 본 적이 없다.

하나의 자리가 끝나면 자연스럽게 바로 옆 술집으로 가거나, 이제는 좀 자리를 마무리하자 싶어 나가다가 야외에서 술판을 벌인 다른 영화인들을 만나면 또 합석한다. 이렇게 영화인들의 술자리는 끝없이 이어진다. 과연 그 자리의 마지막 술값은 누가 내는가 하는 게 항상 미스터리다. 어쨌거나 여기서 가장 중요한 사실은 그 자리에서 있었던 모든 대화는 '오프 더 레코드', 무조건 비밀이다. 바로 다음날이면 언제 그랬냐는 듯 각자의 자리에서 일을 한다. 영화제 일이 끝나 모두가 서울에 올라와도 아무런 이야기를 하지 않는다. 단지 그날의 흥을 기억할 뿐이다.

10월의 부국제는 아시아 대표 영화들을 사고 파는 치열한 마켓이자 대한민국 영화인들이 스트레스를 푸는 거대한 뒤풀이다. 영화제가 20년을 넘기는 동안 우여곡절과 영화제 자체의 위기도 있었다. 그러나 영화인들은 이 모든 것을 잃고 싶지 않았을 것이다. 전 세계에 한국영화의 위상을 알린 출발점이자 영화인들의 메카인 그곳이 정치적, 사회적인 압박 때문에 망가지는 일을 그 어떤 영화인도 원치 않았을 거라 생각한다. 그것은 곧 문화예술의 자유로움을 침해받는 것이니 말이다.

그건 그렇고, 혹시 내 작품이 아직 부국제에 소개도 안 됐는데 뒤풀이에 가도 되는 건가 생각하는 예비 영화인들이 있다면 망설임 없이 오셔도 좋다. 당신도 영화인이다. 동료들과 함께하는 즐거움을 느껴 보자. 일반 관객이라면 아마 밤중에 술집에서 취기를 부리는 배우나 영화관계자들을 볼 수도 있을 것이다. 그렇다면 한 번 정도 눈감아 주길 바란다. 영화인들도 사람이니까. 그들은 지금 치열한 전쟁터에서 나와 잠시 해방감을 느끼는 중이다.

SECTION 2.
어디나 영화관이 된다면

2

영화를 좋아하는 데 특별한 이유가 있을까? 굳이 이유가 있다면 그건 '재미'다. 영화를 보는 것도, 영화를 만드는 것도, 영화제를 찾는 것도 다 마찬가지다. 그냥 재미있으니까. 둘러보면 영화를 직업으로 삼는 이들 중에는 전공자도 많지만 비전공자들도 정말 많다. 봉준호, 박찬욱, 최동훈, 이창동, 이준익. 이름만 대면 알 만한 감독들 상당수가 영화 전공자가 아니다. 영화라는 것의 재미에 분야를 막론하고 빠져 버린 것이다.
영화제를 만드는 사람들 역시 그렇다. 영화인이 아니어도, 영화계를 잘 몰라도 단지 영화를 좋아한다는 사실 하나만으로 영화제를 만들 수 있다. 그리고 그 매력적인 조직에서 함께 일할 수 있다.
간혹 어떤 사람들은 영화제가 자신이 갈 곳이 아니라는 생각을 하기도 한다. 관련된 이들만 갈 수 있다는 오해에서 비롯한다. 일부 배우나 스태프들 역시 자신이 역할을 했던 영화가 출품되지 않았다면 갈 필요가 없다고 생각하기도 한다. 물론 영화제는 그런 것과 상관없이 모든 이를 반긴다.
공간에 대한 편견도 있다. 멀티플렉스가 아니어도 영화를 충분히 즐길 수 있으며, 때로는 색다른 공간에서의 영화 관람이 더 재밌다. 내가 좋아하는 장소, 내가 좋아하는 사람들과 무언가를 즐기는 것이 당연해진 요즘, 영화는 그 시간을 소중히 채우는 좋은 매개가 되어 준다. 영화를 좋아한다면 영화를 상영하는 어떤 공간이든 한 번쯤 가 볼 만하며,

그곳에서 나의 취향과 너의 취향을 확인하는 동시에 같은 것을 좋아하는
이들을 잔뜩 만나는 행운을 누릴 수 있다.

이번 섹션에 등장할 이야기는 일상 구석구석을 영화관으로 만든
사람들의 영화제다. 대학생들, 시장 상인들, 건축가들, 영상예술가들 등이
각각 자신의 자리에서 영화제를 만든다. 대학 캠퍼스, 재래시장, 어느
건축물, 대안문화공간 등 다양한 공간이 그들에 의해 극장으로 변신한다.
전문 영화인만 꼭 영화제를 만들라는 법은 없다. 영화를 모으고, 트는
행위로 자신들의 목소리와 이야기를 들려주는 이들. 그들을 만나다 보니
나의 주변 가까운 일상 어딘가에 영화제가 깊숙이 자리하지는 않았는지
늘 두리번거린다. 그리고는 나도 영화제를 만들 수 있겠다는 근거 없는
자신감과 착각에 빠져 본다.

아는 맛이 더 무섭다는 말을 요즘 많이 한다. 영화도 이미 알고 있는 내용,
아는 사람들이 나오는 영상에 더 끌리기 마련이다. 이들만의 '아는 맛'은
유수의 영화제에서 수상하거나 잘 나가는 배우나 감독이 나오는 영화가
아닐 수 있다. 하지만 그들이 지향하는, 바라는, 지지하는, 그들만의
스타들이 등장하는 영화다. 그 색다른 매력에 빠져 보자.

극장이 된 시장,
아티스트가 된 상인

목동워커스영화제

서울, 목동

TICKET

영화 홍보 일을 하면서 처음 시나리오를 읽거나 영화를 봤을

때의 느낌과 감정을 잊지 않고 늘 기억하려고 노력했다.

영화가 개봉하기까지 여러 차례 한 영화를 반복해서 보지만

매번 첫 감정처럼 물오르진 않는다. 첫 느낌, 첫 감정, 첫

카타르시스는 내게 중요했다.

특히 누군가의 첫 영화, 그러니까 데뷔작을 좋아한다. 아니,

시간이 지나고 보니 나도 모르게 그런 영화를 좋아하고

있었다. 첫 작품이라고 하면 주저하지 않고 계약서에 도장을

찍었고 모든 프로세스에 어색하고 서툰 그들을 응원하며

관객 한 명이라도 더 끌어 모으기 위해 마지막까지 곳곳의

극장을 뛰어다녔다. 그 힘든 과정까지도 즐길 수 있는 것이

바로 데뷔작이기 때문이다. 그 서툰 감정과 낯선 재미가 주는
짙은 여운은 늘 새롭고 독보적이다. 또한 극장 개봉이라는
관문을 처음 통과하는 이들에게는 기라성 같은 유명 배우들
사이에서 느끼기 어려운 순수함과 열정, 그리고 감사한
마음이 함께해 더욱 특별하게 느껴진다. 마지막까지 그들의
미래를 응원할 수밖에 없는, 응원해야만 하는 영화가 바로 첫
영화고, 그래서 누군가의 첫 영화가 좋다.

그래서일까. 제1회를 알리는 새 영화제 소식을 들었을 때 나는
또 설레고 말았다. 팬데믹을 겪으며 극장 관람도 제한되고,
영화제도 중단되던 와중에, 뜻밖에 새로 문을 여는 영화제가
있다니!

우선 타이틀부터 독특했다. 서울 양천구 목3동 깨비시장에서
열리는 '목동워커스영화제'였다. 시장에서 영화제를 연다는
것도 무척 특이했다. 검색을 해 보니, 유튜브 영화 상영은
물론 포럼도 진행했다. 온라인 상영회를 무작정 신청해 놓고
영화제가 개막하는 2022년 3월 어느 봄날을 기다렸다.

알고 보니 이 영화제는 3년간의 노력 끝에 나온 결과물이었고,
준비한 기간만큼 재미났다. 더 알아봐야겠다는 생각으로,
모든 영화제 일정이 끝나고 휴식기에 돌입했을 때 영화제를
주최한 목3동 도시재생현장지원센터에 바로 전화를 했다.

영화제를 만든 사람은 뜻밖에도 도시재생을 담당하는
위촉직 공무원이었다. 어쩌다 이 공무원은 시장 상인들,
동네 주민들과 함께 영화제를 만들 생각을 한 걸까?
게다가 영화제를 만든 계기도 본인이 경험한 어떤
마을영화제 때문이라고 했다. 역시 제일 궁금한 건 탄생
비화다. 나는 얼른 그 이야기를 듣고 싶어 질문을 쏟아냈다.
거기에는 시장 상인들과 주민들의 바람, 노력이 담겨 있었다.

영화제로 마을을 살리겠다고?

나에게 목동은 담당 기자를 만나거나 배우들의 라디오
출연을 위해 수시로 드나들었던 방송국이 있는 동네다.
그곳에 깨비시장이라는 전통시장이 있다는 건 이번 영화제를
통해 처음 알았다.

목동워커스영화제는 'We are all workers(우리는 누구나
일을 한다)'라는 슬로건을 내걸고 2022년 3월 제1회 문을
열었다. '일하는 사람'이라는 'workers'라는 단어에 우리
발음으로는 동음이의어인 'walker'도 더해 '걷는 사람'이라는
뜻까지 모두 담았다. 시장과 일하는 사람, 그 연관성은
잘 알겠는데 살펴보니 뜬금없이 '도시재생'이라는 단어가
등장하는 것은 왜일까? 모든 운영의 중심에 있는 목3동

도시재생현장지원센터 조진호 사무국장에게 도시재생과
영화제는 무슨 관계인지 물었다.

도시재생은 쇠퇴하는 도시 문제를 물리적, 사회적, 경제적
측면에서 활성화하여 지역 역량을 강화하는 것을 말한다.
조진호 사무국장은 이것이 '지속가능'하려면 주민들이 직접
참여해 공동체를 이루고, 그 공동체가 조직을 이루어, 유지
가능한 문화예술 사업이 핵심이 되어야 한다고 설명했다.
그래서 기획한 것이 '일하는 목동 사람들의 영화제'다.

시작은 시장 축제인 '깨비놀이마당' 프로그램의
일환이었다. 하지만 트로트와 먹거리만 있는 어르신들의
축제로 그치기보다 젊은 주민도 참여할 수 있는 혁신적인
마을축제가 되길 원했다. 그렇게 기획한 목동워커스영화제는
지역의 작은 모임을 시작점으로 삼았다. 문화예술에 관심
있는 지역 청년들이 2020년부터 꾸준히 주민공모사업에
지원해 동호회를 조직하고 독립영화제작커뮤니티를 만들어
마을영화를 제작하고 자체적으로 상영회를 열었다.

그런 활동이 쌓이다가 깨비시장을 만나 지금의 영화제로
거듭난 것이다.

물론 처음부터 모두가 영화제 개최에 찬성했던 것은 아니다.
행정기관도, 지금의 운영 주체도, 주민들도 반신반의했다.

"여기서 무슨 영화제를 해?", "시장 운영은 지금도 괜찮은데 꼭 젊은 사람들이 들어와야 하나?" 기성세대의 볼멘소리도 있었다. 그러나 젊은 사람이 줄어들면 상품의 다양성도 줄어 단순화되고, 지금처럼 도매 위주의 거래는 소비층이 제한될 위험이 있었다. 더 많은 사람이 시장에 찾아올 만한 다양한 상품과 풍부한 먹거리, 볼거리가 필요했다. 새로운 기획은 일하는 사람들에게도 새로운 기운을 불어넣으며 지역을 활성화할 터였다.

도시재생에서 가장 중요한 것은 행정이나 특정 전문가가 아닌 주민이 무조건 주인공이어야 한다는 것이다. 그래야 바뀌는 정권이나 행정 인력 재편에 흔들리지 않고 주민 스스로 마을 만들기를 지속할 수 있기 때문이다. 그래서 상인들과 주민들의 협조가 더없이 중요했다고 조 사무국장은 이야기했다.

마을을 위해 카메라를 든 목3동 사람들

마을 만들기에 영화제를 도입하다니. 무척이나 획기적인 선택이자, 고생길 훤한 선택이라는 생각이 들었다. 조진호 사무국장은 5년째 열리고 있는 '김포국제청소년영화제'를 벤치마킹했다고 밝혔다. 2018년에 시작한 그 영화제도

학생들이 모여 만든 영화를 상영해 보자는 취지에서
시작됐다. 학부모, 교사, 학생, 전문가, 지역민으로 구성한
위원들이 모여 아이들이 영화를 제작하고 상영할 수 있는
장을 만들어 준 것이다. 당시 조 사무국장도 지역위원으로
참여했다. 그 경험이 지금의 '목동워커스영화제'를 만든
원동력이 되었다.

그의 이야기에서 특히 공감됐던 것은 '마을'에 대한
생각이었다. 서울 같은 대도시에 사는 사람들은 잦은 이주와
바쁜 일상으로 지역색 또는 지역의 특징을 잘 느끼거나
누리지 못하는 경우가 많다. 그것은 사는 지역에 별다른
특징이나 특색이 없다는 이야기와 같다. 대도시의 이면이다.
재개발로 인해 동네가 완전히 변하거나 사라진 경우도
많다. 어릴 적 뛰어다니던 골목조차 찾을 수 없고, 이웃해
살던 사람들까지 자연히 흩어지며 마을의 기억은 소멸된다.
공간이 사라지며 남은 것은 단 하나. 함께했던 경험의
기억뿐이다. 나 역시 유년을 돌아보면 동네 골목에서 놀던
짧은 기억보다 학교 동아리 활동 같은 공동체의 경험이 더
강하게 남아 있다. 공통의 활동과 경험은 추억을 남기고,
사람들을 하나로 묶는 힘이 된다.

지금은 센터장이 된 조 사무국장은 이러한 논리를 들고,

시장상인회장과 놀이축제분과장 등 마을의 핵심인물들과
함께 상인들을 설득해 나갔다. 상인들은 점차 마을이라는
공동체를 다시금 생각하며 하나둘 영화제를 여는 데
찬성하기 시작했다.

목3동 청년들은 상인들의 응원에 힘입어 카메라를 들고
깨비시장을 누볐다. 상점 하나하나를 렌즈에 담아 나갔다.
그 자체가 마을을 추억할 기록이었다. 분주하게 일하는
사람들의 모습과 그들의 개인적인 고민, 일에 대한 열정,
사랑하는 가족을 생각하는 마음도 함께 담았다. 주민이 직접
연출하고, 촬영하고, 연기하며 깨비시장의 현재와 지역민의
삶은 영화가 되었다. 아주 프로페셔널하지는 않지만 몇몇
작품은 다른 영화제에 배급도 되었다. 멋진 성과다.

우리 모두는 자신의 인생을 가꾸는 멋진 아티스트

개막작 선택도 탁월했다. 영화 〈바르다가 사랑한 얼굴들〉은
30대의 사진작가와 80대의 영화감독이 프랑스 마을
곳곳을 다니며 마을 사람들의 얼굴과 삶을 담는 이야기다.
사진작가는 인물 사진을 촬영해 대형 프린트를 하고, 그것을
건물에 벽화처럼 붙인다. 그것은 마치 거대한 마을 갤러리를
만든 것처럼 웅장하다. 그리고 이 사진가의 작업과 삶을

80대의 영화감독이 다큐멘터리로 담는다.

목3동 주민 감독들도 영화 속 주인공들처럼 마을 구석구석을 다니며 이웃의 이야기를 영화로 승화했다. 그렇게 하기까지 얼마나 서로 많은 이해와 공감을 나눠야 했을까. 그 시간들이 마치 이 영화와 똑 닮았다는 생각이 들어 마음이 찡했다. 주민 모두는 자신의 삶을 소신 있게 일궈 나가는 아티스트였고, 그 숨어 있던 목3동 아티스트들이 이제 활동을 시작한 것이다.

영화제는 시장 초입에 설치한 야외 스크린에서 영화를 상영했다. 사람들이 오가는 시장에서 상영과 포럼까지 진행하는 건 무리수가 아닐까 하는 생각이 들었다. 그러나 곧 그것이 하나의 편견이었음이 드러났다. 포럼에서 상인들은 자신의 '일의 가치와 의미'에 대해 그동안 묻어 두었던 생각들을 멋지게 피력했다. 처음에는 자신의 자리가 아닌 듯 쑥스럽게 마이크를 잡았지만 일 이야기에서만큼은 자신 있고 여유로우며 생기가 넘쳤다. 코로나19로 가장 힘들었을, 하루 벌어서 하루 먹고 산다는 자영업자들은 어느새 영화제를 통해 개인의 이익보다 모두의 행복을 이야기하고 있었다. 물건을 파는 그들의 노동 철학은 영화화되기 충분했다.

영화제를 계기로 상인들은 젊은 세대와 소통하는 법을

차츰 익혀 나가는 듯 보였고, 열심히 일하는 젊은 세대를
응원하고자 했다. 노동과 함께한 시대의 아티스트들.
영화제의 주인공은 오롯이 시장 상인들과 주민들이었다.
영화제가 끝나고 평소의 시장 모습이 궁금했다. 그리
멀지 않은 지역이라 장바구니 하나 착 챙겨 들고 방문해
보았다. 작은 마을 골목의 야외 시장은 얼마 전 영화제가
열렸던 곳이라는 믿기지 않을 만큼 생각보다 조용했다.
상인들의 부지런한 움직임이 곳곳에서 눈에 띄었고, 영화
속에 매일 12시간 일하신다는 떡볶이집도, 유튜버들이
자주 방문한다는 할아버지 탕수육집도 보였다. 장을 보는
사람들은 주로 어르신들이었다. 영화 속에서 본 것과는 사뭇
다른 분위기의 시장을 보며 왜 사람들이 이곳에서 영화제를
열고자 했는지 그 마음이 짐작 되었다.
영화제가 그들에게 '실험'이었다면 어느 정도 성공이다.
누군가는 영화를 봤고, 분명 나처럼 그곳에 가고 싶어질
것이기 때문이다. 깨비시장을 둘러싼 마을 만들기는 이제
진짜 시작이다. 영화제로 인해 앞으로 더욱 변해 나갈 시장과
상인들의 모습이 기대된다.

음식과 영화,
상상만으로도 행복한 만남

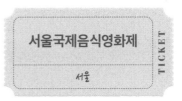

서울국제음식영화제

TICKET

서울

"식사하셨어요?"가 따스한 인사말일 정도로 끼니를

중요시하는 우리나라. 음식이 이렇게 중요한 나라에서

음식을 소재로 한 영화제가 2015년에 1회를 진행했다면 좀

늦은 감이 없지 않다. 내가 이 영화제를 직접 찾아간 것은

이미 어느 정도 이슈가 된 후인 2017년의 일이다. 예전에

마케팅을 담당했던 영화 〈공정사회〉와 〈섬. 사라진 사람들〉을

연출한 이지승 감독이 당시 이 영화제의 부집행위원장으로

일하고 있다며 연락을 주었다.

"영화제 소개하는 유튜브 하신다면서요? 그럼 우리 영화제도

소개해 주셔야죠."

"제 채널이 영화제보다도 더 안 유명한데…"

"그래도 상관없어요. 영화제 이야기를 할 수만 있다면."

대체로 이러한 맥락으로 흘렀던 우리의 대화. 그러니 내가
이 영화제를 골랐다기보다 처음으로 취재 요청을 받은
영화제였다. 게다가 음식영화제라니, 거절할 이유가 없었다.
한국의 식문화는 자고로 한상 떡 벌어지게 차려야 제맛
아닌가. 보통 영화관에서 먹는 것은 고작 팝콘과 콜라에
불과한데, 이 영화제에서라면 그야말로 제대로 대접받고
나오는 기분 아닐까? 나뿐 아니라 스태프들 모두 상상만으로
왠지 군침이 돌았다. 영화제는 1년 중 영화제가 가장 많은
11월, 그러니까 하늘도 높고 말도 사람도 살찌는 계절에
열렸다.

화려한 한상차림, 오감만족 영화제

"미국에 그 유명한 '뉴욕푸드필름페스티벌'이,
일본에 '도쿄밥영화제'가 있다면 우리나라에는
'서울국제음식영화제'가 있어요."

인터뷰의 포문을 연 원윤경 프로그래머의 설명에서 자부심이
느껴졌다. 영화도 극도로 매력적인 장르이지만, 그보다
더 매력적인 음식 장르가 만나다니. 아무리 생각해 봐도
기대하지 않을 수 없는 조우다. 영화제가 이 둘을 버무려

어떻게 한상 차려놓았는지 궁금했다.

2017년 처음 만난 제3회 서울국제음식영화제는 그야말로
푸짐했다. 음식뿐 아니라 세계의 식문화, 먹는 공간까지
경험케 하는 오감만족 영화제를 지향하고 있었다. 영화제가
처음 시작된 2015년에 본격적으로 불기 시작한 먹방과
쿡방의 열풍이 영화제를 알리는 데 도움이 됐다고 한다.
한 가지 아쉬움도 있었다. 한국영화가 그리 많지 않다는
것이었다. 우리나라에는 음식을 소재로 한 영화가 많지
않았고, 영화제를 시작할 당시에도 〈식객〉을 제외하고는
관객들이 기억하고 있는 한국영화가 전무했다고 해도 과언이
아니었다.

영화 상영만 해도 바쁜 것이 영화제다. 그런데 이곳에서는
현장에서 음식도 직접 만들어야 했다. 거의 작전 수행 수준인
셈이다. 첫 회를 여름에 해 보니 음식이 상할까 봐 걱정되고,
2회를 봄에 해 보니 다른 야외행사들이 이미 너무 많아서
시기를 가을로 선택했다. 세 살배기 영화제는 그렇게 서툰
걸음마를 떼며 그해의 영화제를 준비하고 있었다.

때마침 〈개를 훔치는 완벽한 방법〉을 연출한 김성호 감독이
음식영화를 완성했다는 소식이 영화제에 닿았다. 그토록
기다리던 한국의 음식영화라니 너무나 기뻤단다. 그렇게

제3회 서울국제음식영화제의 개막작은 이종혁, 김성은 주연 〈엄마의 공책〉이 되었다. 처음으로 한국영화를 개막작으로 선정하고, 주인공들을 홍보대사로서 무대에 세우기도 했다. 그 이후 2020년에는 6회 개막작으로 故 임지호 셰프가 출연한 다큐멘터리 〈밥정〉을 상영했다. 2018년에 개봉한 〈리틀 포레스트〉 외에 한국영화에서 음식을 소재로 한 영화를 찾기란 여전히 쉽지 않다.

가만히 있을 그들이 아니다. 오감만족 국제단편경선을 신설하고 음식을 소재로 한 우수 단편영화들을 발굴하기 시작했다. 공모전을 시작한 2017년부터 72개국, 625편의 작품이 접수되었다. 깜짝 놀랄 만한 수치다. 마치 전 세계가 우리의 음식영화제를 기다린 것 마냥 출품작이 쏟아진 것이다. 출품작이 많아지자 2020년부터는 국제단편경선과 한국단편경선을 나누어 진행하고 있다. 우리가 늘 새로운 맛집을 기다리듯 더 많은, 새로운 음식영화들이 관객들에게 찾아갈 준비를 하고 있다.

음식영화제와 찰떡궁합, 예술영화관 아트나인

영화도 어디서 보느냐가 중요하듯 음식도 어디서 먹느냐가 매우 중요하다. 때로는 누구와 어디서 어떻게 즐겼느냐가

맛에 대한 기억을 조작하기도 한다. 서울국제음식영화제는 1회 때부터 줄곧 동작구 사당동에 위치한 예술영화관 아트나인에서 진행해 왔다. 1회 때는 전 스태프가 아침부터 주먹밥 150개를 직접 만들었는데, 그래서 주방시설이 어느 정도 갖춰진 다이닝 키친 공간이 필요했다. 아트나인은 기존의 멀티플렉스 구조와는 다르게 목조 스타일로 인테리어 한 레스토랑 구조의 실내 홀과 탁 트인 야외 테라스 공간에 대형 무대와 스크린을 갖추고 있다. 우리나라 빌딩숲 사이에 몇 안 되는, 쉼은 물론 영화적 감성을 동시에 느낄 수 있는 격 있는 문화공간이다. 홍보 일을 했던 당시에도 나는 이곳에 오는 것을 좋아했다. 나름 나에게는 바쁜 와중에도 힐링을 경험할 수 있게 해 준 고마운 곳이다.

활용도 높고 감성적인 공간 구성 덕에 많은 영화제가 이곳에서 개최된다. 하지만 그중에 음식영화제와 더없는 궁합이라는 게 개인 의견이다. 맛있는 음식을 앞에 두고, 맥주잔이나 와인잔을 손에 들고 바라봐야만 할 것 같은 12층 높이의 관악산 뷰는 어느 극장에서도 볼 수 없는 매력이다. 서울국제음식영화제의 인기 섹션인 '먹으면서 보는 영화관'과 '심야상영'이 바로 이 테라스에서 진행됐다. 물론 실내 극장처럼 오롯이 영화에만 집중하기란 쉽지 않겠지만 군침

도는 음식들이 펼쳐진 곳에서 알코올, 그리고 공간이 내뿜는
감성 넘치고 예술적인 분위기의 궁합을 즐기지 않고는 배길
수가 없다. 뭐 실내 영화관에서 팝콘 씹는 소리가 들릴 새라
입안에서 꼭꼭 녹여 가며 답답하게 영화를 보라는 법만
있나? 그래서 이 공간은 음식영화제와 찰떡궁합이다. 코로나
기간 동안에는 아쉽게도 이 두 섹션을 진행하지 못했지만
언젠가는 꼭 한번 좋은 음식이 있는 야외 영화관에서의
관람을 추천한다.

소비하는 음식에서 지속가능한 식문화까지, 큰 그릇의 발견

영화제의 세부 섹션 중 지금까지도 빠지지 않고 진행하고
있는 섹션은 바로 '함께 만드는 지속가능한 삶'이다. 처음
인터뷰 당시만 해도 나는 이 섹션에 별 관심이 없었다. 단순히
마케터의 입장에서 관객들이 관심 있을까 하는 의문부터
들었다. 그러나 코로나 때부터 우리가 극장에 가지 못하는
이유를 고민하다, 엉뚱하게도 환경 공부에 빠진 나는
지금에서야 이 섹션이 눈에 들어왔다.
서울국제음식영화제는 1회 때부터 먹거리 위기, 산업형
농업과 음식 낭비 문제를 함께 고민했고, 건강하고
지속가능한 먹거리와 음식문화가 무엇인지 메시지를 던지는

작품들을 국내에 소개해 왔다. 스타 셰프나 화려한 음식 이야기가 아니어도 고기의 미래, 슬로푸드, 버려진 것들의 요리법을 다룬 영화 등 제목만으로도 우리와 지구의 미래를 생각할 수 있는 영화들이 상영되고 있었다. 식재료를 건강하게 생산하고, 좋은 음식으로 식탁에 올리고, 최대한 재료의 쓸모를 발견해 음식물 쓰레기가 되지 않게 할 수 있는 식문화가 무엇인지 오랜 고민들이 영화에 담겨 있다. 3회 영화제 포럼의 주제도 '느리게, 낭비 없이, 더불어 먹기 위하여'였다. 음식은 이제 단지 소비하고 즐기는 것을 넘어 지속가능한 미래를 가능케 하는 문화로 다시 자리 잡아야 한다. 음식에 관한 사람들의 생각과 행동의 변화를 이끌기 위해 영화제는 이 메시지를 집중하여 소개하며 알리고 있다.

내년엔 어떤 메뉴의 영화가 펼쳐질까

코로나19의 유행으로 영화제를 가지 못하는 동안에, 제7회 서울국제음식영화제 개막작이었던 영화 〈어나더 라운드〉를 뒤늦게 보았다. '인간에게 결핍된 혈중 알코올 농도 0.05%를 유지하면 적당히 창의적이고 활발해진다'는 가설을 증명하겠다고 나선 고등학교 교사 4인방의 이야기다. 리뷰마다 음주 예찬 영화라며 술이 당긴다고 난리다.

영화 볼 때 뭘 잘 먹지 않는 남편마저 집에서 같이 영화를
보다가 조용히 가서 거대한 전용 맥주잔에 폭탄주를 말아
왔다. 술을 그렇게 맛있게 그리고 있으니 먹고 싶기도
했겠지만, 술기운을 빌려서라도 활기를 되찾고 싶은 중년의
주인공들에게 공감해서가 아닐까? 어쨌든 먹는 영화를
보면 그 음식을 먹고 싶어지는 게 당연하다. 먹고 싶은 것을
손에 넣고 영화와 함께 즐기기까지 한다면 이보다 확실한
일석이조, 오감만족이 또 있을까. 서울국제음식영화제는
시각은 물론 미각까지 지배한다. 그리고 지속가능성으로의
변화를 향한 우리의 생각까지 지배할 예정이다.

2022년 다시 열린, 제8회 서울국제음식영화제는
아트나인이 아닌 마포구 인근의 상영관에서 진행되었다.
공간이 조금 아쉽긴 했지만 코로나 이후의 영화제이고
집 근처여서 인근의 상영관들을 두루 다닐 수 있었다.
재미있었던 건 문화비축기지에서 서울미식주간과 함께
진행된 '서울미식시네마'라는 섹션이었다. 농부시장
마르쉐도 함께해 풍성한 비건 먹거리와 다양한 토종
먹거리들을 구경하고 장보기를 끝낸 후 음식을 먹으며
단편영화를 관람했다. 덕분에 음식영화에 별 관심이 없는
조카들까지 동행해 다양한 음식 이야기를 공유할 수

있었다. 시립마포청소년센터에서 관람한 〈버려진 것들의
요리법〉이란 영화는 남편과 함께 했다. 마트에서 유통기한
임박으로 대용량 폐기되는 음식쓰레기들을 찾아 요리를 하는
오스트리아 환경운동가의 이야기다. 우린 영화를 보고 난
후 마트의 기한이 임박한 음식물을 모아 두는 코너를 그냥
지나칠 수 없었다. 이제 요리할 때면 버섯꽁지도 모두 잘라서
국에 넣는다. 최대한 음식물 쓰레기를 줄여보겠다는 무언의
행동들이 자연스럽게 이어졌다. 영화를 보러 가자고 한 것에
내심 만족스러웠다. 음식과 스크린만 있다면 어디나 영화관이
될 수 있는 영화제. 이러니 내년엔 어떤 메뉴의 음식들로
영화제 한상이 제대로 차려질지 기대하지 않을 수 없다.

대학생들이 만드는
캠퍼스 영화 축제

도시영화제

서울, 서울시립대학교

2022년에 부산국제영화제가 27회,

부천국제판타스틱영화제가 26회, 전주국제영화제가 23회를

맞았다. 국내 3대 영화제의 역사가 이 정도인데, 벌써

25회째를 맞는 작은 영화제가 있다니, 심지어 대학생들이

교내에서 만드는 영화제가 국제영화제에 버금가는 역사를

자랑한다니! 놀랍기 그지없다. 이 영화제 이름은 '도시영화제'.

더욱 흥미로운 것은 이 소박한 이름의 영화제를 개최하는

이들이 연극영화과 학생들도 아닌, 서울시립대학교

도시사회학과의 학생들이라는 점이다. 도시영화제는 이

학과 학생들에게 역사와 전통이 있는 행사이자 자랑거리다.

아무리 영화가 영화인들의 전유물이 아니라지만 영화학도가

아닌 이들이 어떻게 영화라는 매개로 자신들의 전공을
더욱 이해하려는 노력을 기울이고 소통하게 되었는지
무척 궁금했다. 내가 이들을 찾아간 것은 2018년 21회
도시영화제였다. 워낙 오랜만에 캠퍼스라는 공간을 방문하는
터라 더욱 설렜다.

도시와 영화의 상관관계

건축은 소위 공간예술이라 불린다. 공학과 제조, 미술,
디자인 등 다양한 부분에서 협업해야 하는 세밀하고
섬세한 작업이기 때문이다. 영화도 분야를 막론한 모든 것이
적용되는 종합예술이다. 그래서 건축과 영화는 상관관계가
있다. 그렇다면 도시와 영화의 상관관계는?
도시(都市)란 일정한 지역의 정치, 경제, 문화의 중심이
되는 사람이 많이 사는 곳을 말한다. 도시 안에 우리네의
여러 삶이 있고, 영화는 도시 그 자체를 조명하기도 하며,
그 속에서 벌어지는 인물들의 삶을 그린다. 도시영화제는
도시를 향한 다양한 시선을 영상으로 보여 주는 문화축제로
도시에서 살아가는 모든 모습을 영화제의 소재로 삼아
영화를 소개한다. 어떤가. 이제 도시와 영화, 충분한
상관관계가 있어 보이지 않는가.

도시영화제는 1998년에 처음 시작했다. 15회였던 2012년까지 학교 내부 행사로만 진행하다가 2013년부터 대외 행사로 발전시켰다. 그러니 일반 관객에게 영화제가 공개된 지 채 5년이 안 된 2018년에야 내 눈에 띈 것이다. 왜 도시사회학과에서 영화제를 하게 된 걸까? 처음부터 그게 제일 궁금했다.

발단은 도시사회학과 1학년 전공필수 과목 '도시사회학 입문'이다. 10분에서 15분짜리 다큐멘터리를 만들어야 하는 과제가 있었고 무조건 직접 만들어 제출해야 했다. 그들은 다소 억지로(?) 영상과 미디어로 소통하는 법을 익혔고, 카메라에 도시를 담을 때 어떤 메시지를 전달해야 할까 고민하기 시작했다. 누구인지 모르지만 처음 기획한 교수님의 교수법이 인상적이다. 어쨌거나 도시와 영화를 접목하는 시도는 그렇게 시작됐고, 도시를 영화화하며 영화제로 발전시켰다. 학생들에게 영화는 어느새 내 이야기를 담는 수단이 됐다. 그렇게 이들에게 도시와 영화는 떼려야 뗄 수 없는 존재가 되었다.

모든 것이 처음이라 풋풋한

서울시립대학교 캠퍼스는 조경과 건물의 조화가 뛰어나다는 평을 받고 있다. 건축학과와 조경학과가 있기 때문이라는 설명은 그리 와 닿지 않았다. 관련 학과를 갖추고 있다고 해서 모든 캠퍼스가 아름다운 건 아니니까. 그보다는 학교에 갖는 애정에서 비롯한 관심과 자부심의 결과인 듯했다. 정문을 들어서자마자 당시 완공된 지 얼마 되지 않은 100주년 기념관 안을 둘러볼 수 있었다. 내게 안내를 해 준 학생들도 꽤 자부심을 갖고 새 건물 디자인과 학교 풍경의 조화를 소개했다. 나도 들은 이야기가 있어 그렇게 예쁘다는 건물들을 비롯해 캠퍼스를 둘러보고 싶은 마음이 굴뚝같았지만 예정된 인터뷰 진행을 위해 AV룸으로 향했다. 영화관으로 따지자면 소극장 규모 정도인 AV룸에서 영화제 마지막 날 상영이 진행될 예정이었다.

4학년이 기획단장, 3학년이 기획부단장을 맡고 있었고 이들과 만나 대화를 나눴다. 영화제는 전문 프로그래머와 함께하는 공모팀, 프로그램팀, 홍보팀으로 조직되어 있었다. 영화제를 직접 운영하는 이야기도 여느 영화제의 풍경과는 사뭇 달랐다. 사회 경험이 적은 대학생이다 보니 준비해야 하는 모든 것이 생소하고 낯설기 때문이다.

그들을 만난 2018년에는 서울시립대학교 개교 100주년을 기념해 해외공모 섹션을 추가했다. 자매결연한 해외 학교에 작품 공모를 하는 등 국제 규모로 행사의 범위를 넓혔다.
한국 사람과도 쉽지 않은 소통을 다양한 나라 사람들과
진행해야 했으니 더 긴장했을 것이다. 그러던 중 한 국가의
어느 단체에서 영화제 공식 참관 초청장을 요청했고, 확인차
해당 국가 대사관에 연락했다가 깜짝 놀랄 만한 사실을
확인했다. 정체를 알 수 없는 단체들이 행사 초청장을
요청하고는 비자 발급을 하고 들어와 불법체류하는 일이
발생한다는 것이다. 연락을 해 온 단체를 대사관에서
확인한 결과 알 수 없는 단체였다. 학생들은 지도교수에게
대사관 확인 절차를 듣지 못했다면 큰 문제가 발생했을 수도
있었다며 안도의 한숨을 쉬었다.

영화제를 준비하는 동안 다양한 일들을 해결해 나가면서
이들은 조금씩 성장하고 있었다. 영화를 매개로 우리 사회,
자신이 속한 도시의 면면을 발견하고 경험해 나갔다. 인터뷰
내내 사건사고를 떠올리며 당황하고 놀라는 표정을 짓던
것마저도 너무 보기 좋고 대견했다. '괜찮아요. 모두가 다 그런
거니까.' 영화제를 응원하는 마음이 더 커졌다.

30여 명의 기획단원들은 포스터부터 작은 이벤트 하나까지
직접 준비하며 계속 새로운 도전을 해야 했다. 전문 업체에
전화를 걸고 모르는 용어 앞에 당황하며 좌충우돌했던

순간도 종내엔 "무언가를 확실히 알게 되는 좋은

경험"이었다고 웃으며 말했다. 그 모습이 낯설지 않았다.

누구에게나 처음은 존재한다. 나 역시 그러했고,

내가 운영했던 회사에서도 신입은 늘 있었다. 어느

해인가 인턴사원 중 모르는 사람들과 전화나 이메일을

주고받는 것이 두려워 퇴사까지 고민했던 직원이 있었다.

무엇이든 처음은 두려운 법인데 그것이 좋은 경험으로

남으려면 스스로 어떤 목표를 갖느냐가 중요하다. 이들도

마찬가지였다. 학생 기획단원들은 영화제라는 최종 목표점이

있기에 그 낯선 상황을 묵묵히 견뎌 내고 있었다.

졸업 이후 영화를 직업으로 선택한 선배들도 있다고 한다.

도시나 사회 문제를 영상화하는 작업을 해마다 했으니 어찌

보면 자연스러운 일이다.

오늘부터 감독

인기리에 방영됐던 〈스트릿 우먼 파이터〉의 출연자 중 하나인

댄서 아이키가 연신내 골목에서 춤을 추는 짧은 영상이

화제가 되었다는 뉴스를 인상 깊게 보았다. 그 영상으로

그녀는 단숨에 오랜 골목 하나를 세상 힙한 거리로 만들었고,

은평구 홍보대사까지 됐다. 한편 다른 뉴스에서는 김포

장릉 앞 아파트가 문화재 경관을 훼손한다며 법적 분쟁
중이다. 유네스코 세계문화유산이면 뭐하나, 빈 땅만 보이면
정신없이 고층 아파트를 지어대는 대기업이나, 뒤늦게야
발견하고는 다 올라간 아파트와 실랑이하는 공무원들 때문에
피해는 엉뚱하게 시민들이 본다. 이렇듯 시선과 프레임을
도시 어느 곳에 맞추느냐에 따라 정겹고 따뜻하기도, 차갑고
답답하기도 하다.

도시영화제에서는 해마다 '오늘부터 감독'이라는 프로그램을
운영한다. 영상 제작을 처음 하거나 익숙하지 않은 20대를
모집해 워크숍을 하고, 장비를 지원한다. 그리고 그들만의
새로운 시선으로 도시를 카메라에 담을 수 있도록 돕는다.
단, 관련 수상자나 전공자는 제외한다. 그들이 찾는 새로운
영화인은 자신만의 시각을 가진 리얼 도시인이다.

알면 알수록 이들의 영화제에 가상의 세트나 CG 속 세상이
아닌 날것의 도시, 그들의 젊은 고민이 담겨 있겠다는 생각이
들었다. 그래서 꾸준히 상영작을 찾아서 봤다. 2021년에
그들이 바라보는 시선에는 낙원상가, 인천 배다리 헌책방,
창신동 봉제공장, 반지하 집 등이 담겨 있었다. MZ세대라
명명된 이들의 눈은 깊고 따뜻했으며, 넓고 자유로웠다.
전문가들이 이 영화제를 본다면 학교 동아리 행사 같다고

생각할 수도 있다. 하지만 이런 생각을 해 봤다. 어쩌면 이들은 영화제라는 이름을 걸고 도시에 대해 골몰하며 도시인이 되기 위한 나름의 예행연습을 하고 있는 것은 아닐까. 영화로 도시를 말하는 작은 영화인들은 그들만의 도시를 담고 꿈꾸며 누구보다 단단히 성장하고 있었다. 요즘 젊은 세대를 이해하지 못하겠다고, 때로는 이해해 보겠다고 용쓰는 기성세대가 많다. 좋은 모습도, 안 좋은 모습도 모두 담는 그들만의 도시가 궁금하다면 이 영화제를 추천한다. 도시영화제는 어쩌면 기성세대가 만들어 놓은 도시를 지금 세대들이 더 효율적으로 쓰는 사용설명서나 가이드가 될지도 모른다.

알 수 없는 네모난
외계영상들의 총집합!

서울국제대안영상
예술페스티벌

서울

TICKET

회사에서 나와 개인사업자를 내며 얻은 나의 첫 사무실은
홍대에 있었다. 월급쟁이 시절, 충무로를 거쳐 강남 사무실을
떠돌던 나에게 홍대 주변은 그야말로 새로운 기운이
느껴지는 곳이었다. 주차장 골목 사이사이에 그늘이 되어
주는 커다란 나무와 정자들, 나뭇잎 사이를 스치며 시원하게
불어오는 강바람이 좋았다. 강남 초고층 빌딩숲 사이에 고인
텁텁한 공기가 아니라 낮은 건물들 위로 하늘이 훤히 드러나
상쾌했다. 사람들 옷차림은 자유로웠고 표정도 왠지 행복해
보였다. 협업하는 거래처들이 인근에 있는 것도 좋았다.
포스터 디자인 회사, 예고편 제작사, 홈페이지 디자인 회사
등이 이웃에 있어 함께 뭔가 창조적인 것을 만들어 내기 딱

좋은 위치였다. 그 기분 좋음에 사무실을 오픈하고 10여 년이 넘은 지금까지도 소위 홍대 앞으로 불리는 서교, 동교, 합정을 어슬렁거리고 있다.

사무실을 막 오픈했을 무렵, 수년 동안 홍대 인근에서 페스티벌을 진행하고 있다는 16개 단체의 모임에 참석했다. 각종 실험예술제부터 지금까지도 진행되고 있는 프린지페스티벌, 와우북페스티벌 등 다양한 축제 관계자들이 한자리에 모여 정보를 나누는 자리였다. 당시 상업영화를 주로 홍보하던 내가 낄 자리는 아니구나 싶어 머쓱하던 찰나에 몇몇 페스티벌 관계자들이 명함을 주며 전문 홍보마케팅에 관심을 보였다. 그때 나는 대중에게 잘 알려지지 않은 상황에서도 수년간 이렇게 많은 행사들이 진행되고 있다는 것이 신기했는데, 그들은 상업 문화콘텐츠 전문 마케터가 그 자리에 함께하고 있다는 사실 자체를 신기해했다. 2010년, 그 자리에서 그해 10회를 맞는 '서울국제뉴미디어페스티벌'을 만났다. 지금은 '서울국제대안영상예술페스티벌'이라는 이름으로 진행하고 있는 이 행사는 그때도, 지금도 여전히 홍대 특유의 분위기처럼 유니크하다.

시대를 앞서간 영상예술의 집합

서울국제대안영상예술페스티벌은 2000년 '인디비디오'라는

이름으로 출발했다. 2004년부터는 '뉴미디어'라는 단어로

그들만의 장르를 소개해 오다가, 20회를 맞이한 2020년에

'서울국제대안영상예술페스티벌'로 다시 이름을 바꾸었다고

한다. 그런데 도대체 '대안영상'은 무엇이고 '뉴미디어'란

무엇일까?

소위 '미디어아트'라 불리던 장르의 영역을 이 페스티벌은 더

확장한다. 대중을 위한 매스미디어가 아니라 새로운 매체인

뉴미디어를 통해 인간이 할 수 있는 최대한의 새로운 상상과

새로운 쓰임을 소개하는 것이 이 페스티벌의 취지이다. 뭐

좀 어려울 수도 있지만, 쉽게 생각하면 유튜브나 브이로그가

대중화되기 이전부터 영상만으로 그림을 그리고, 시를 쓰고,

노래를 하며 영상으로 수많은 이야기를 하고 있었다고

생각하면 된다. 시대를 앞서간 영상예술의 집합체라고나 할까?

그들이 '대안영상'이라 부르는 그 작품을 나는 마케팅하는

동안 '네모난 외계영상'이라고 불렀다. 네모난 화면과 캔버스가

좁아터지게 느껴질 정도로 광활한 영상예술인 데다, 그들이

표현하고자 하는 세계관 또한 무한하기 때문이다.

20년이 지난 지금, 이제는 당당히 그들만의 언어로

승부하겠다는 의지가 보인다. 이 페스티벌을 '영화제'라
부르지 않는 이유는 영화라고도, 전시라고도 부를 수 있을
만큼 영상으로 할 수 있는 모든 것을 표현하고 있기 때문이다.
영화제라는 이름만으로는 담아내기 힘든 예술의 경지다.

장르의 경계를 뛰어넘은 작품들

이 페스티벌에 소개되는 대안영상들은 때로는 영화에도,
미술에도 속하지 못했다. 그 장르의 모호함 때문에 정부
지원에서 배제된 적이 많을 정도였고, 그만큼 실험적이었기
때문이다. 임흥순 감독의 〈위로공단〉이라는 작품은 2015년
제56회 베니스 비엔날레 국제미술전 은사자상을 수상했다.
국제미술전에서 한국 역대 최고상 수상이라는 언론의 수많은
찬사도 받았다. 영화의 형식을 띠고 있지만 칸 국제영화제나
아카데미 수상이 아닌 미술전에서 수상이라니! 그리고 같은
해 8월, 〈위로공단〉은 국내 상영관에서 다큐멘터리 장르로
개봉되었다. 도대체 이 작품의 정체는 무엇일까?
어찌 보면 단순하다. 영화 분야에서는 다큐멘터리,
미술 분야에서는 영상미술인 것이다. 다시 말하면
장르의 경계를 허문 탈장르 시도다. 나는 이미 제10회
서울국제뉴미디어페스티벌에서 임흥순 감독의 〈숭시〉를 본

적이 있다. 그는 영상으로 사회 메시지를 담아내는 작가다.

그 작품은 이후 〈비념〉이라는 장편 다큐멘터리가 되어 극장

개봉을 했다. 영상에서는 사람이 아닌 자연이 주인공이

되기도 하고 대사가 아닌 소리만으로 언어를 대신하기도 한다.

대안적인 극영화, 극영화가 아닌 극영화인 것이다.

이쯤되면 스스로도 궁금해진다. 대체 어디까지를 '영화'라고

볼 수 있고 어디부터가 '영화'가 아닌 걸까? 이런 질문에

답이 있을까? 아니, 그 답이 의미가 있을까? 모든 예술은

전형성에서 벗어나 실험을 통해 그 세계를 확장해 나가기

마련이니 말이다. 그러나 홍보 담당자로서는 여간 곤란한 것이

아니었다. 관객들에게 한 마디로 이해시키기 어려운 점이 가장

문제였다.

무려 4년을 홍보했지만 여전히 내게도 이 페스티벌은

알쏭달쏭하다. 때문에 더욱 널리 소개하고 싶었다. 그래서

2017년 열린 제17회 서울국제뉴미디어페스티벌에 다시

찾아가 보았다. 그해 주제는 '말, 분리, 표류의 가능성'이었다.

여전히 어렵게 느껴졌지만 설명을 들을 때만큼은 완전히

이해가 된다. 작품들은 역시 '너 영화야? 미술이야?' 하는

물음표 위에 정처 없이 떠다니고 있었다. 집행위원장이자

프로그램 디렉터인 김장연호 위원장은 이 페스티벌의

정체성과 올해 내건 주제가 비슷하다며 이런 말을 했다.

"우리가 스스로 선택한 자발적인 '표류'로 그 가능성을
보여주고 싶다."

그 말 속에 그가 선택한 일에 대한 자신감과 묵직한 책임감이
느껴졌다. 늘 힘들다고 하면서도 새 장르를 개척하는 그를
그때나 지금이나 응원하고 있다.

누군가 내게도 왜 영화 홍보만 하지 돈도 안 되는 공연이나
페스티벌을 홍보하느냐고 끊임없는 걱정과 질타를 보낸
적이 있다. 아마 나도 김장연호 위원장처럼 경계를 넘어선
자유로움을 원해 자발적인 '표류'를 선택했던 것 같다. 왜 자꾸
어려운 것만 하느냐라는 질문에 나는 어려운 것이 아니라
익숙하지 않지만 늘 새로운 것이라고 대답하고 싶었다.
그러한 마음 덕분에 서울국제대안영상예술페스티벌 같은
자유로운 축제를 만날 수 있었던 것 같다.

경계를 넘어선다는 건 그 어떤 상황에서도 쉽지 않은
일이고, 큰 용기가 필요하다. 그래서 늘 이 페스티벌의
다양한 작품들을 보고 있노라면 '나는 여전히 틀에 박혀
있구나' 하는 생각이 들고 만다. 작품의 자유분방함이 나를
채찍질한다.

'경쟁'이 아닌 '구애(求愛)', 사랑을 원하는 대안영상들

모든 작품은 관객의 관심과 사랑을 원한다. 어찌 보면

창작자들은 다들 이기적인 관심종자들이 아닐까. 자기가

하고 싶은 말만 하면서 관심과 사랑까지 원하다니 말이다.

하지만 그래서 더욱 마음이 간다. 그들에게 애정을 꽉꽉

채워 돌려주는 일을 함으로써 더 새롭고, 실험적인 결과물로

이끌어 낸다는 자부심이야말로 작품을 담당하는 홍보

마케터의 보람이 아닐까.

서울국제대안영상예술페스티벌에서는 '경쟁'이라는 단어를

사용하지 않고 '구애'라는 단어를 쓴다. 때문에 경쟁전이

아닌 구애전, 심사위원이 아닌 구애위원이다. 작품들끼리의

경쟁이 아닌 관객의 사랑을 구한다는 것이다. 애절하다. 이

페스티벌에는 해마다 국내외 1천여 편에 달하는 작품이

출품되어 관객에게 구애한다. VR이나 미디어 파사드와

같이 기술적으로 화려한 영상예술작품부터 처음 보는 낯선

장르도 자신들을 지켜봐 주길 바라고, 받아들여지길 원한다.

나는 이 페스티벌에서 꼭 극영화를 보려 하지 않는다.

오히려 영상예술이 과연 어디까지 가능한지 볼 수 있는

새로운 장르를 찾는다. 간혹 '왜 화려하지 않아? 왜 지루해?

왜 어려워?' 하고 질문할 수 있다. 하지만 모든 영상물이 다

독립영화나 상업영화 같기만 하다면 재미없지 않은가. 일탈한 영상예술도 필요한 법이다.

이곳에 출품한 작가들은 마치 TV 오디션 프로그램에 출연한 재야의 무명가수들 같다. 그들의 에너지와 잠재력이 언제 어디서 폭발할지 몰라 자꾸 눈길이 간다.

김장연호 집행위원장과 인터뷰를 위한 오랜만의 해후가 사적인 수다로 이어졌다. 둘 다 한 업계에 청춘을 묻고 일에 파묻혀 허우적대다 늦게 결혼생활을 시작한 경우라 공감대가 형성됐다. 그는 대학 졸업 후 곧바로 뛰어든 대안영상 시장이 20년 후면 안정된 시장이 될 거라고 야심차게 생각했단다. 그래서 젊은 시절의 호기와 아픔, 기쁨이 이 페스티벌에 고스란히 담겨 있다. 전투적인 활동가이기도 하지만 이제는 어느덧 당당한 사업가처럼 보였다. 한국 상업영화도 국내 관객이 거들떠도 보지 않던 1990년대를 지나, 20여 년이 지난 지금은 전 세계가 주목한다. 마찬가지로 그가 자리를 지키고 있는 한 언젠가 꿈꿨던 것처럼 대안영상 작가들을 주목하는 시대가 꼭 오리라는 생각이 들었다.

특별전에서 눈에 쏙 들어온 작품 하나를 만났다.

1958년생이라는 홍이현숙 작가는 작품 속에서 나이가 무색할 만큼 지붕 위를 훨훨 날고 있었다. 제목도 〈폐경 폐경1,2〉다. 보자마자 '어머, 이 작가는 또 뭐지?' 하고 놀라며 집행위원장을 떠올렸다. '우리 아직 뭔가 더 해야 하는 거죠?' 굳이 이 말이 육성으로 오가지 않았지만 우리 앞에 다가올 삶에 응원을 받은 것 같았다. '그러니 우리 곧 다가올 갱년기도 당당히 맞이해요'라고, 나는 속으로 나지막이 말했다.

건축과 닮은 영화
영화와 닮은 건축

서울국제건축영화제

서울

TICKET

우연히 9년 전 SNS에 끄적인 글을 다시 보았다.

'흥행이 잘 되는 영화도 좋지만 10년이 지나 다시 봐도 좋은

영화가 더 좋다… 정신 차려! 넌 월급 줘야 해.'

홍보대행사를 운영할 땐 좋은 영화에 대한 약간의 감성마저

내겐 사치였다. 당시의 나는 의뢰 들어오는 어떤 영화라도

맡아 회사에 수익을 내야 했고 직원들에게는 쥐꼬리만한

월급이라도 꼬박꼬박 줘야 했다.

그 짧은 메모를 보고 나니 그동안 일에 가려졌던 내 영화

취향을 새삼 확인할 수 있었다. 내게 아무리 좋은 영화라고

해도 개봉 당시에 모두 흥행하지는 않는다. 좋은 영화를 모든

관객이 재미있어하지는 않으니까. 하지만 뭔가 오래 본다는

건 그래도 그 존재만으로 존중받는다는 의미이니 그런 마음이
통하는 영화가 좋았다.

그저 영화가 단순한 재미를 위한 도구가 아닌 인간의 감각을,
사고를 좀 더 풍요롭게 하는 도구이길 바랐다. 예술이란 게
그런 거 아닐까. 그래서 작품이라 부르는 거니까. 때문에
블록버스터급 상업영화만이 아닌 독립영화 또는 누군가의
데뷔작 같은 작은 영화도 즐길 줄 아는 폭넓은 감수성을
관객들이 느끼길 원했다. 재미는 좀 없어도 나와 다른 각도로
세상을 바라보는 영화, 내가 몰랐던 세상을 깨닫게 해 주는
영화, 나의 좁아터진 속마음을 달래 주는 그런 영화 말이다.
그런 내게, 내가 몰랐던 세상을 알려 준 영화제가 있었으니
바로 '서울국제건축영화제'다. 나는 2010년에 제2회
서울국제건축영화제를 처음 만나 자그마치 5년간 이 영화제를
홍보했다. 이제는 어느덧 14회를 맞이한 이 영화제가 당시
내겐 새로운 세상이었다.

건축가 아니고 건축사

2022년 3월, 〈고양이들의 아파트〉라는 정재은 감독의
다큐멘터리가 극장에 개봉했다. 이미 〈말하는 건축가〉,
〈말하는 건축 시티:홀〉, 〈아파트 생태계〉까지 '건축 3부작'으로

불리는 연작으로 정재은 감독과 건축영화는 밀접하다.

하지만 내겐 2001년 개봉한 그의 영화 〈고양이를 부탁해〉가

더 강렬했기에 건축과 조우한 그의 작품 활동이 조금

생소했다. 알고 보니 그는 제1회 서울국제건축영화제

방문하고 난 뒤 왜 우리나라에는 건축영화가 없는지 궁금해

했고, 직접 작업을 시작했다고 한다.

서울국제건축영화제는 대한민국 건축사들이 모여 만든

영화제다. 건축이 단순히 건물에 그치는 게 아니라 예술적

가치가 있는 작품임을 알리기 위해 기획한 행사다. 처음에는

전문 프로그래머 없이 영화를 좋아하는 건축사 한 명이

모든 프로그래밍을 도맡아 했다. 전 세계에 건축영화가

이렇게 많다는 것을 나는 이 영화제를 통해 처음 알았다.

그래서 단순히 건축인들의 문화행사에 그치는 것이 아니라

대중은 물론 영화인들에게도 건축영화를 알리고, 건축에

대한 시선을 확장시킬 수 있는 영화제가 되길 바라며 홍보를

진행했다.

영화 한 편을 마케팅하려면 작품과 감독, 배우, 다양한

요소들을 한꺼번에 설명해야 한다. 그런데, 간혹 작품

하나만을 설명하기도 벅찰 때가 있다. 그 소재나 분야가

생소할 때다. 특히 어렵다고 느낀 것은 역사, 미술, 클래식

등을 소재로 한 영화였다.

영화 마케팅은 개봉일을 중심으로 초단기간의 집중력을
발휘해 단 2~3개월 안에 승부를 내야 하는 작업이다. 작품을
철저히 분석하고 전략을 짜야만 한다. 관객들도 볼 수 없는
숨은 이야기까지 열심히 공부한다. 가끔 뭐 그렇게까지
공부해야 하나 싶기도 하지만 마케팅은 새로운 옷이다.
제작사나 주최사가 사용하는 그들만의 전문용어는 대중에게
통용될 수 없다. 대중의 언어로 다시 설명해야 하는 것이다.
내가 제대로 알고 있어야 관객들에게 어려운 이야기를 더
쉽고 재미있게 전달할 수 있다. 그래서 나는 영화 하나를 앞에
두고 새로운 지식을 쌓는 데 열을 올리고는 했다.

건축영화제도 그랬다. 건축을 내가 어찌 알겠는가. 벽돌 한 장
쌓아 본 적 없는 내가 영화 관련 스태프라고는 한 명도 없는
건축사 사무실에서 온통 모르는 용어를 들어 가며 회의를
해야 했다. 보도 자료를 써서 보냈을 때 돌아온 첫 수정사항은
역시 용어 수정이었다. 지적 가운데 가장 인상적이었던
것은 '건축가'가 아니라 '건축사'라고 써야 한다는 것이었다.
주최사가 '대한건축사협회'였으니 내가 좀 더 일찍 눈치를
챘어야 했지만 그땐 잘 몰랐던 탓이 크다. 우리나라에서는
건축물을 설계하고 감리하는 등 공식 자격증을 취득한 이를

'건축사'라고 부른다. '건축가'는 건축인과 같이 넓은 의미로 건축에 종사하는 모든 사람을 총칭하는 단어다. 나중에 알았지만 회의를 함께한 이들 모두 국내 최고의 건축사였고, 전공자들 사이에서는 한 번만이라도 만나기를 희망하는 건축계 셀럽이었다. 그걸 나만 못 알아본 거다. 맨 땅에 집을 짓는 기분이 이런 걸까. 무식하면 용감하다고, 그렇게 그들과 함께 일을 시작했다.

건축물을 새롭게 바라보면 이야기가 보인다

내가 마케팅을 맡았던 당시 집행위원장이었던 윤재선 건축사는 이런 말을 했다. 영화에 시나리오와 연출이 있고 건축에 설계와 시공이 있듯 건축과 영화는 여러 스태프들이 전문분야에서 협업을 해야 완성 가능하다는 점에서 많은 부분이 닮아 있지만, 한 가지 다른 점이 있다는 것이다.

"1cm를 잘못 설계하면 사람 목숨이 위험해질 수 있다는 점이죠."

수년이 지났음에도 그 말이 아직 생생한 것은 건축에 대한 진지함과 책임감이 고스란히 전달돼서다. 물론 영화 역시 완성도를 높이고자 책임을 다한다. 하지만 수많은 사람들의 목숨이 오고 갈 수 있는 건축, 그 무게감과 책임은 아주 깊은 고민을 동반한다. 나는 할 수 있는 한 건축을 둘러싼 그 생각들을 마케팅을 통해 관객들에게 전달하고자 노력했다. 건축영화의 재미는 전 세계에 있는 다양한 건축물이 완성되고 허물어지는 과정을 볼 수 있다는 점이다. 스크린 안에 낯선 도시의 느낌과 건축물을 대하는 남다른 시선도 함께 담긴다. 해외여행을 갔을 때, 그 도시에서 가장 유명한 건축물을 찾아간 듯한 느낌으로 영화제를 즐긴다면 이 건축영화라는 장르가 그리 낯설지는 않을 것이다.

나는 이 영화제 홍보를 하며 해를 거듭할수록 어느새 내가 사는 도시의 건축물을 다시금 보게 됐다. 건물의 벽돌 한 장, 오래된 손잡이의 그 쓰임 하나하나를 한 번쯤 생각한다. 높이 솟은 빌딩부터 후미진 골목 안 허름한 건물까지도, 의미 없이 사용되는 소모품이 아니라 사람의 이야기와 삶을 담은 공간임을 이해하게 되었다.

이야기가 모이는 곳에 영화가 있다

이름부터가 건축영화제이니만큼, 영화 상영을 하는 건물이나 공간 선택에서도 고민하지 않을 수 없었을 것이다. 우리나라 극장은 대부분이 대형 상업 건물에 자리 잡은 멀티플렉스라 특별히 눈에 띄는 극장이 없다. 그래서 이들 건축사가 선택한

상영 장소는 국내 최초로 대학 내에 개관한 상설영화관이자
예술영화 전용관인 '아트하우스 모모'다.

이 극장이 있는 이화여대 캠퍼스센터(ECC) 건물은 2021년
서울도시건축비엔날레 총감독을 역임한 프랑스 출신의
세계적인 건축가 도미니크 페로의 손에 설계되었다.
프랑스국립도서관과 베를린올림픽 벨로드롬 등 대형
프로젝트를 진행한 것으로 유명한 그가 어느 인터뷰에서
ECC 건물을 두고 "홍해가 갈라지듯 양쪽으로 나뉜 건물의
대형 통로가 야외공연장이 되기도 하고, 지하의 모든 공간에
자연광이 들어오는 거대한 유리창들이 매우 이색적인"
건물이라고 표현한 바 있다.

그 건물에 있는 예술영화 전용관 아트하우스 모모에서
서울국제건축영화제를 10회 이상 열었다. 세계적인 건축가가
설계한 건물에서 건축영화제를 열다니, 꽤 의미 있는
선택이었다고 생각했다. 그래서인지 캠퍼스 정문을 지나
건물에 들어설 때부터 설렘이 증폭된다. 단점도 있다. 모든
건물이 통유리로 되어 있어 버드스트라이크, 즉 새들이
유리창에 충돌하는 상황이 발생한다는 것. 이를 방지하자며
학생들이 자발적인 환경운동을 벌이기도 했다.

이처럼 건축물은 만드는 사람에 따라 많은 이야기를 만들어

내기도 하고, 의도치 않는 사건사고도 발생하는 그런 공간이다. 이야기를 만들어 내는 곳에 영화가 있다는 건 어찌 보면 당연한 일이었다.

누군가에게 건축물은 사고 파는 재산, 그 이상도 이하도 아닐 것이다. 또 누군가에게는 예술작품이며, 다른 이에게는 좋은 추억이 담긴 고향이 되기도 한다. 공간은 사람의 과거와 현재, 미래를 담는 무한한 그릇으로서 역할을 다한다. 공간에 의미를 부여하는 순간, 그곳은 인생에서 아주 특별한 무대가 된다. 전 세계의 다양한 공간과 삶을 관통하는 모두의 시선, 모두의 이야기를 만날 수 있는 서울국제건축영화제의 존재 이유다.

정동진독립영화제

최고의 해돋이 명소로 손꼽히는 강원도 강릉 정동진의 정동초등학교
운동장에서 벌써 24회째 정동진독립영화제를 진행하고 있다.
역사도 재미도 탄탄한 이 영화제는 무료로 진행되며 올해부터 대놓고
배리어프리영화들을 상영하며 무장애 영화제를 선포했다. 더 이상
작은 영화제는 아니지만 누구나 독립영화를 볼 수 있는 그날을 꿈꾸는
초심만큼은 변함없이 전달된다.

국제무형유산영상축제

전주국제영화제가 열리는 전주 영화의 거리에서 남부시장을 지나
전주천을 따라 걷다 보면 서학동 예술마을 끝자락인 국립무형유산원이
있다. 이곳에서 매해 국제무형유산영상축제가 열린다.
우리나라의 무형유산을 테마로 단편영화들을 만날 수 있고 직접 체험도
가능하다. 2022년의 테마는 '음식'이어서 고유의 먹거리들을 영상으로
만날 수 있었다.

시작하는 영화관을 위하여, 개관영화제

종로구 새문안로에 있는 영화관 씨네큐브 광화문이 개관 21년 만에 시설을 리뉴얼하고 2021년 9월에 재개관했다. 이미 팬데믹 이전부터 예술영화전용관이 운영의 어려움으로 하나둘씩 폐관을 하고 있던 때 보인 과감한 행보다. 내가 이 극장을 마음으로 응원하는 여러 이유가 있지만, 그중에서도 22년 전, 극장 개관 마케팅과 영화제 진행을 함께 담당했던 인연이 크게 다가왔다.

씨네큐브가 처음 개관한 2000년은 한국영화를 포함해 전 영화계가 폭발적인 성공과 관심을 받던 시기였다. 이때 많은 지역에 멀티플렉스를 포함한 대규모 극장이 속속 오픈했는데, 국내 최대 규모를 자랑했던 메가박스 코엑스점 역시 비슷한 시기인 2000년 5월에 개관했다. 당시 메가박스 코엑스점은 16개 전관에서 개관영화제를 진행했다. 관계자들 사이에서 상영관이 너무 많아 개관 행사에 투입할 영화가 부족하다는 소리까지 나올 정도로 많은 영화가 이 영화제에서 상영됐다. 국내 굴지의 영화 홍보대행사들이 대거 투입되어 현장을 진행했고, 모두 처음 보는 서로와 일을 해야 할 정도였다. 앞으로 치열한 마케팅 전쟁을 치르게 될 그 전투장에서 말이다.

공사 중 위험에 빠진 영화관을 구하다

개관영화제를 진행하는 이유가 극장 홍보 때문이라는 사실은 누구나 알고 있다. 하지만 또 다른 숨은 이유가 있으니, 정식 개관 전에 영화제를 열어 무료 혹은 저렴한 가격으로 영화를 상영하며 영화관 전체 현장 시스템을 최종 점검하려는 것이다. 당시 종로 쪽 신축건물 대열에 당당히 들어선 씨네큐브 광화문은 서울의 중심부라는 지리적 요건과 주차가 가능한 편의시설을 내세워 예술영화전용관의 품격을 한 단계 높이기 위해 고급 인테리어 자재를 사용하는 등 세심하게 신경을 썼다. 건물주도, 운영을 담당한 영화사도 모두가 한마음이어야 가능한 일이었다.

개관 전까지 극장 현장은 그야말로 공사판 그 자체였다.
공사 먼지를 제거하는 대규모 청소를 한 후 오픈 직전에야
비로소 행사 세팅을 할 수 있으니, 홍보하는 틈틈이 먼지
자욱한 공사 현장을 확인하며 공간과 일정을 확인하는 일도
마케터의 몫이었다. 출근하는 길에 극장 현장을 둘러보는
것이 당시 나의 루틴 중 하나였는데, 추운 겨울 냉기와 먼지가
가득한 지하 공간을 매일 들락거려 감기를 달고 살았다.
개관영화제가 임박한 어느 날 오전, 그날도 어김없이 아무도
없는 어두컴컴한 극장을 둘러보며 인테리어 진행 속도를
확인하던 차에 어디선가 콜콜 물이 흐르는 소리가 작게
들렸다. 처음에는 로비 인테리어로 설치한 물커튼 형식의
벽장식에서 나는 소리려니 했다. 그런데 메인 상영관으로
들어가 보니 스크린을 중심으로 왼편 구석부터 카펫이
젖어들며 물이 조금씩 상영관으로 밀려들어 오고 있는 것이
아닌가? 앗! 어디서 물을 막아야 하나. 허둥지둥 마음만
급하게 상영관 밖으로 뛰쳐나가 "누구 작업하시는 분 안
계세요?" 하고 소리를 질렀다. 그러나 내 목소리만 허공에
울릴 뿐 아직 이른 시간이라 현장에는 아무도 없었다.
건물관리팀과 내부 극장운영팀에 바로 연락을 취하고
기다렸다. 이 공간을 단시간에 어떻게 말리고 영화제를

진행해야 하나, 도대체 물은 어디서 새고 난리인건가,
혼자서 해결도 못 할 일로 머릿속만 복잡했다. 그러던 중에
관계자들이 하나둘 도착했고 문제를 확인, 하염없이 흐르던
물줄기를 막을 수 있었다.

며칠 남은 개관영화제까지 카펫을 말릴 시간이 부족한
상황이라 관객들이 젖은 공간을 밟지 않도록 상영관 일부를
펜스로 막은 채 영화제를 진행하기로 결정했다. 나는 잠시
〈한스 브링커 혹은 은빛 스케이트〉라는 동화에서 물바다가
될 뻔했던 마을을 구한 소년 한스 브링커가 된 것처럼
뿌듯했고, 공사 현장 스태프들의 주목은 물론 윗분들의 짧은
격려도 들었다.

"자네가 발견했나? 수고했네."

이게 다였지만 그래도 뭐, 난 영화관과 영화제를 구했으니까.

간판이 없어도 영화제는 계속된다

그건 시작일 뿐이었다. 새롭게 지어 문을 연 건물이라
관객들은 매표소나 극장 입구, 화장실 등 모든 이동 동선이
낯설다. 그래서 모든 것에 안내가 필요한데, 사인보드가
완성되지 않았다. 이런…. 그야말로 차디찬 회색 건물 내부에
아무런 안내판이 없는 상황인 것이다. 심지어 지정좌석을

확인할 수 있는 번호조차도 없었다! 이대로 어떻게 영화제를 한단 말인가. 하루 이틀 안에 해결해야만 영화제 개막이 가능했다. 급하게 좌석배치도를 시트지 업체에 보냈다. 그렇게 받은 좌석 번호 시트지를 하나하나 손으로 떼어 의자에 임시로 붙였다. 화장실부터 매표소, 출입구까지 컬러 출력한 사인물은 이젤에 넣어 세웠다. 안내문을 붙일 별도의 설치물도 아직 시공되지 않았기 때문이다.

어쨌든 극장은 문을 열고 영화제는 시작됐다. 화장실에 물이 안 나온다는 제보가 들어와도, 티켓이 출력되지 않는 비상상황에도 이미 가동을 시작한 극장은 멈추지 않고 움직여야 했다. 그 정신없는 와중에 매체들은 극장 내부를 취재했고 지금은 익숙하지만 당시에는 파격적이었던 팔걸이가 움직이는 의자를 전 좌석에 사용한 덕분에 공중파 9시 뉴스에도 소개되었다. 영화 상영을 시작하고 나니 공사판이었던 회색빛 지하 공간이 영화라는 숨을 불어넣어 살아 있는 느낌이었다. 새로운 극장과 영화제를 즐기는 관객 속에 안도의 한숨으로 그들을 바라보는 우리가 있었다.

씨네큐브 광화문은 그렇게 시작되었고, 늘 매진이 되는 알짜배기 예술영화관으로 꾸준히 관객들의 사랑을 받았다.

좋은 시설은 물론 좋은 영화와 그 영화를 알아주는 좋은 관객들이 있기에, 그리고 20여 년 세월 동안 수없이 많은 스태프의 노고와 고민이 있었기에 가능했다.

그러나 앞으로 이런 개관영화제를 자주 볼 수 없을지도 모른다. 많은 관객들이 오프라인 극장보다 온라인 속 극장을 찾기 시작했고, 어느덧 집 안의 대형 모니터나 휴대폰 화면에 익숙해지고 있기 때문이다. 넷플릭스 같은 OTT 플랫폼은 일상 어디든 영화와 드라마 등 다양한 콘텐츠를 즐길 수 있는 새로운 장을 열었지만, 추억에 아로새겨지는 한 장면으로 남기보다 한때 유행하는 콘텐츠로 소모될까 봐 아쉬움이 남는다. 이제 극장은 특별한 경험을 요구받고 있다.

나는 앞으로 새로운 형태의 극장이 계속 등장할 것이라 생각한다. 관객들은 편리함을 포기하고 일부러 찾은 극장에서 더 화려한 서비스가 제공되기를 원할 것이다. 극장은 그렇게 이전과 다르게 변하겠지만 그럼에도 영화는 극장에서 보는 맛이 있다. 빨려 들어갈 듯한 스크린과 좌석이 흔들릴 정도의 사운드, 함께 보는 사람들의 반응과 숨소리. 그 맛을 알기에 아직도 미련하게 이 글을 쓰고 있다. 극장에서 영화 보는 맛을 개그우먼 이영자처럼 더 맛깔스럽게, 3D로 연상되도록 쓰고 싶은데 그러지를 못해 스스로 안타까울 뿐이다.

어디나 영화관이 된다면

SECTION 3.
**뜨겁고도 치열한
스크린 너머의 사람들**

3

영화로 일하는 사람들을 좋아한다. 이유는 단 하나다. '무조건 해 보자'는 긍정력, 말도 안 되는 무데뽀 추진력 때문이다. 영화가 만들어지기만 한다면, 또는 알려지기만 한다면 그 어떤 일도 해 내는 기운 말이다. 담당자들이 회의 내내 치열하게 싸우는 이유도 단 하나, 영화를 위해서이고 밤새고 술을 마시는 이유도 영화를 위해서다. 어찌 보면 참 단순 무식하다. 속내를 알고 나면 큰돈도 안 되는 일에 왜 그렇게 밤을 새워 가며 일하는지 이해하지 못하는 이들도 많다.

영화가 뭐길래, 영화를 매개로 사람과 공간이 연결되고 알 수 없는 힘에 의해 '해 보자'는 공감대와 연대의식이 생기는 것인지 딱 부러지게 설명할 수 없지만 나는 그 무시할 수 없는 '해 보자'는 기운이 한국영화를 지금의 세계 수준으로 끌어올린 원동력이라 생각한다. 내 주변, 다수의 영화인들은 그런 이유로 자신의 청춘과 시간을 영화판에 쏟아부었고 어떤 이들에겐 연애도, 결혼도 뒷전이었다. 지금 생각해 보면 이게 그렇게까지 매달렸어야 하는 일인가 싶지만, 한때 영화인들의 절박함은 치열함으로 전이되어 만드는 이들을 시작으로 나와 같이 파는 이들, 심지어 언론사 영화담당 기자들까지도 하나 되게 만들었다. 마치 올림픽 메달을 준비하는 선수를 응원하듯 그 작품이 잘 되기를 기원하며, 아카데미 수상 같은 승전보가 울리면 다 함께 환호한다.

뜨겁고도 치열한 스크린 너머의 사람들

이번 섹션에 소개할 영화제들은 이러한 추진력에 더불어 영화제에 대한 애정과 자부심으로 똘똘 뭉친 이들이다.

이름만 봐서는 갸우뚱할 수도 있다. 하지만 누가 뭐라고 평가하기도 전에 이들은 '우리가 세상에서 제일 잘났다'고 자부하며 거침없이 매력을 발산한다. 누군가가 "왜 이 영화제를 하세요?"라는 질문을 하면 영화제를 운영하는 많은 이들이 '영화 시장의 확장을 위해', '지역 관객들에게 다양한 영화들을 소개하기 위해' 같은 예측 가능한 답변들을 한다. 하지만 다음에 나올 이들은 표현만 좀 달리 했을 뿐 결국 "제가 좀 잘 났거든요" 하고 당당히 말한다. 솔직히 내가 보기에도 좀 잘났고 그래서 잘난 척 좀 해도 되는 영화제들이다. 오히려 너무 겸손한 접근을 한다면 그 타고난 잘남이나 가치가 떨어져 보일 수 있으니 앞으로도 그러지 않았으면 하는 마음이다.

소위 '안 본 놈들이 손해'라고 당당히 말하며 "니들이 인정해 주지 않아도 우리끼리 잘 해 볼게"라는 진짜 패기 넘치는 젊은 영화제들. 궁금하면 와 보라는 말밖에 달리 설명할 방법이 없다. 이 자신감 쩌는 영화제들을 그래서 응원한다. 쫄지 마! 하고 싶은 거 다 해!

당당하고 뻔뻔한
청년들의 축제

부산국제영화제가 깊이 뿌리를 내리며 부산에는

부산국제단편영화제, 부산국제어린이청소년영화제,

부산독립영화제, 부산평화영화제 같은 수많은 영화제들이

생겨났고, 자리를 잡았다. 다 좋은 취지로 시작한, 꼭 필요한

영화제들로 부산을 더욱 풍성하게 만들고 있다.

내가 영화제를 고를 때 가장 먼저 확인하는 것은 아무래도

제목이다. 마케터의 촉이랄까. 제목부터가 이유 없이

이끌리는 것이 있기 마련이다. '부산청년영화제'도 그랬다.

사실 흔한 단어 조합이지만, 이상하게 끌렸다. 드넓은 바다를

품은 드넓은 도시의 부산 청년들은 뭔가 좀 다른 스케일로

그들만의 영화제를 만들고 있을 것 같다는 생각이 들었다.

홈페이지도 없이 블로그에 그들이 올린 공모 문구에 홀려 나는 이내 부산으로 향했다. 영화라는 매개를 앞에 두고 사뭇 진지하고 자유롭게 표현을 시작한 이들. 그곳에서 청년들의 결코 뻔하지 않은 세상을 만났다.

그들만의 흑역사

시작은 이랬다. 나는 매달 흥미로운 영화제를 찾아 주기적으로 웹서핑을 하곤 했다. 그러다 소박하지만 당찬 블로그 글 하나를 발견했다. 본인들의 영화제를 자칭 '건전한 청년문화를 응원하는 불건전한 영화제'라고 명명하는 이들. 찾고 있는 영화 또한 범상치 않았다. 그들이 찾고 있는 영화는 바로 '모두의 흑역사'다. 거장들도 분명 흑역사가 있었다는 설명을 덧붙인 것을 보고 무릎을 쳤다. 그래, 이거야! 정말 모두의 흑역사를 파헤치겠다는 의지처럼 아예 한 섹션 공모전 이름이 '흑역사의 밤'이었다. 제1회 부산청년영화제 이전에는 어디서도 상영되지 않았고 상영될 일도 없는 작품, 돈이 없어서 촬영하다 만 작품, 힘이 없어서 편집하다 만 작품, 용량이 없어서 곧 하드에서 삭제될 작품, 어처구니가 없어서 웃음이 나오는 작품, 이 외에 평생 자신의 흑역사로 남을 법한 모든 작품.

내용을 보자마자 웃음이 빵 터졌다. 이런 영화제라면 영화감독뿐 아니라 어떤 사람이라도 용기가 나지 않을까? 기발하고 신선했다. 분명히 기성 영화인이 만든 영화제가 아니리라. 그게 누구인지, 만든 사람을 꼭 만나 봐야겠다고 생각했다.

폭염이 심했던 7월 어느 날, 그들이 안내해 준 부산 영화의 전당 인근 센텀시티 영상산업센터를 찾았다. 영화를 하는 청년들에게 저렴하게 공간을 임대해 준 모양이었다. 회의 테이블 하나만으로도 가득 찬 작은 사무실 벽면에는 포스트잇에 쓴 아이디어와 작품 목록으로 빼곡했다. 대학을 갓 졸업한 20대 팀 '영덕스클럽'의 백지영 대표, 최수영 프로그래머를 만났다. 젊은이들을 만난 것만으로 마냥 신이 났던 나는 자리를 잡자마자 궁금한 질문을 쏟아냈다.

"'흑역사의 밤' 섹션 너무 재미있을 것 같아요."

재미있자고 시작한 질문인데 사뭇 진지한 대답이 돌아왔다. 그들이 말하는 '흑역사'는 모든 이가 청년 시기에 터널처럼 지나가는 암흑기로, 모두에게 꼭 필요한 과정이며 미래의 방향을 설정하는 중요한 통로를 의미한다고 했다. 그래서 누구에게나 있는 인생 한때의 흑역사를 함께 보고 응원하자는 취지로 마련한 섹션이란다. 가장 많이 출품하는 건 영화감독을 꿈꾸는 대학생 감독들이다. 하긴 이미 데뷔한 감독들도 자신만의 흑역사가 있을 테고 나도 있고 너도 있다. 하지만 모두가 흑역사를 감추려고만 한다. 부산청년영화제는 그것을 당당히 수면 위로 드러내어 메인 섹션으로 만들어 버렸다. 흑역사를 피하지 말고 마주하자는 과감한 그 시도에 나는 매혹됐다.

누구나 영화인이 될 수 있다

기성 영화제를 뒤엎는 수평적 발상이 돋보인다는 나의 말에 그들도 고개를 끄덕였다. 하지만 이는 달리 말해 메인 영화제들에서 자기들이 설 자리는 없다는 이야기이기도 하다. 우리가 알고, 상상하는 영화제는 모두가 완성된 작품을 선보이고 완벽한 모습으로 관객들을 만나는 화려한 명예의 전당이다. 아직은 그 전당을 바라볼 뿐인, 여전히 공부하며 준비하는 청춘들은 조금 위축되어 있었나 보다. 영화제에서 바쁘게 일하며 보람과 즐거움을 느끼던 소위 영화인들 너머에 영화제를 함께 즐기고 싶지만 주변인이 될 수밖에 없었던 이들이 있었다는 것을 알고 나니 왠지 미안한 마음이 들었다. 부산청년영화제는 '청년'을 다르게 규정한다. 마인드가 주체적이고 스스로를 나이에 가두지 않는, 자신이 청년이라고

말하는 사람을 이들은 진짜 '청년'이라고 부른다. 모두가
그런 마음으로 살길 바란다는 말도 덧붙였다. 이들이 만든
영화제에는 그래서 나이 제한 없이 누구나 참여할 수 있다.
소위 영화 마니아를 일컫는 '영덕' 즉, 영화 덕후를 규정하는
방식도 다르다. 이들이 지칭하는 영화 덕후는 단순히
관객으로만 머물지 않고, 영화로 말미암아 행동하는 사람을
말한다. 영화를 만들거나, 영화 굿즈를 만들거나, 영화잡지를
만드는 사람 등 그야말로 영화에 무게를 두고 무언가 만들고
실행하는 이들이 영덕이다. 그래서 영화제를 이끌어 가는
팀도 마인드가 주체적인, 영화로 인해 행동하는 이들로
구성됐다. 알고 보니 이들은 영화 관련 전공자도 아니었다.
진정한 순수 영화 덕후들이었던 것.
"아무도 우리를 인정해 주지 않아도 우리는 우리 스스로를
'영화인'이라고 부르자."
그들은 스스로를 이렇게 규정했다. 나는 그 이야기를 듣고
너무 크게 웃어 버리고 말았다. 엉뚱하고 발랄한 그 생각이
너무나 즐겁고 놀라웠다. 지금 생각하면 조금 미안한
순간이다. 그리고 남들이 뭐라고 하든 우리는 영화인이라고
말하는 그들 앞에서 나는 솔직히 조금 작아졌다. 20년
가까이 영화 관련 일을 하면서도 스스로를 준영화인이라

칭했던 나를 한 방 먹이는 듯 들렸다. 그 당당한 모습이
부러웠다. 그리고 나는 곧바로 인정했다.

'그래, 니들이 영화인이다. 그렇게 생각하고 행동하는 사람이
영화인인 거지. 그게 맞지.'

스스로의 정체성은 스스로가 규정할 수 있음이 당연하며,
영화제까지 만들어 운영하는 그들은 이미 너무도
영화인이었다. 그들은 그렇게 자신들의 영화 세상을 만들어
가고 있었다.

청춘은 결코 멈추지 않는다

어쨌든 이들의 당당함과 발랄함은 그저 규정만으로 그치지
않았다. 영화제의 새로운 패러다임을 만들겠다는 의욕이
대단했고, 그 일환으로 비극장 상영을 감행하고 있었다.
다른 대다수의 도시가 그러하듯 부산 역시 영화의 전당과
멀티플렉스를 제외하고는 다른 중소 극장이 없다. 때문에
이들은 원하는 색깔의 극장을 찾을 수 없었다고 한다. 발로
뛰며 대안 상영관을 찾아야 했고, 만들어야 했다.

1회 때는 야외공간을 활용할 수 있는 한 건물의 옥상에서
영화제를 진행했다. 그런데 갑자기 내린 비에 열정적으로
준비한 야외 상영을 하지 못했다. 우천 시 대비를 못한

것이다. "준비하느라 돈을 다 썼는데 비가 올 줄이야…"
하며 멋쩍어 하는 이들의 면면에서 아직은 좌충우돌하는
청년들의 고군분투가 엿보였다. 적은 예산으로 살림 꾸리기에
한창 적응 중이었고, 몸으로 부딪치며 하나하나 배우느라
시행착오도 많았다.

그래도 그들은 멈추지 않았다. 코로나19의 타격으로
멈추거나 없어진 영화제들 사이에서 2021년 당당히 4회차
공모를 올렸다. 제4회 부산청년영화제의 슬로건은 '우리는
우리 나름대로'였는데, '우리는 우리 나름대로 잘 지나올
거예요. 우리는 우리 나름대로 잘 버텨 나갈 거예요'라고 적힌
포스터에 그만 마음이 뭉클해졌다. 베테랑들도 지쳐 나가
떨어지던 팬데믹 상황에서 희망의 끈을 놓지 않는 그 열정이
눈부실 정도였다. 역시 드넓은 바다를 바라보며 자란, 살아
있는 부산 청년영화인들은 다르구나! 한 해 한 해 시간과
경험을 쌓아 나간 그들은 어느덧 자신들만의 극장을 만들어
가고 있었다.

'흑역사의 밤' 외에도 부산청년영화제가 준비한 섹션들은
이름과 그 의도부터 독특하다. 자신이 청년이라면 절대
피할 수 없다는 '청불섹션:청년관람불가피 영화섹션', 3일
만에 시나리오부터 영화 제작까지 완성하여 선보이는

'영덕섹션:무박3일', 영화로 먹고 살기 위한 방법을 모색하는 세미나 '영덕섹션:영먹다방'이 그것이다. 콘셉트 확실한 섹션들이 확확 머릿속에 꽂혔다. 내가 키운 청년들도 아닌데, 그들의 설명을 듣고 있자니 내심 기특하고 자랑스러운 마음이 자꾸 솟아났다.

요요현상

인터뷰 당시, 그들이 꼽은 제2회 영화제 원픽은 폐막작으로 선정한 〈요요현상〉이었다. 마치 자신들의 이야기를 담은 듯한 영화라고 했다. 영화는 2021년 1월에 정식으로 극장 개봉했고 나는 뒤늦게야 영화를 봤다. 요요를 즐기는 20대 청년 5인방이 10년간 성장하는 스토리다. 요요라는 단어를 영화로 바꾸면, 이들이 했던 고민들과 다르지 않다. '영화 일을 계속 하고 싶은데 할 수 있을까? 그냥 발만 담그고 있을까?' 좋아하는 것과 살아가는 것, 꿈과 현실 사이 고민의 기로에 서 있는 청년들의 속마음을 담고 있었다.

돌이켜 보면 나의 20대도 마찬가지였다. 1990년도 후반의 대한민국 사회는 20대 초반 여성이 영화 관련 일을 한다는 것 자체가 탐탁지 않은 상황이었다. 20여 년이 지난 지금도 쉬운 직업군이 아닌 것은 확실하다. 세월이 흘렀음에도 내가족이나 친지 중 누구도 영화를 직업으로 선택하는 사람은 없으니 말이다. 그러나 겪어 본 사람으로서 감히 말할 수 있는 건 영화라는 직업은 아무 생각 없이, 미칠 듯 빠져들어 즐기기에 좋은 직업이라는 것이다. 가족도 친구도 보이지 않을 정도로 말이다. 뭔가 하나에 미쳐 있는 사람들이 함께 모여 있어 즐거웠다. 그리고 그걸 직업으로 선택해서 더 좋았던 때가 20대였다.

영화 속 요요청년 5인방은 이제 각자의 길로 들어섰고 누군가는 직업으로, 누군가는 취미로 요요를 즐기고 있었다. 나는 요요청년들은 물론, 내가 만난 부산 청년들에게도 그냥 이렇게 말하고 싶다.

"고민하지 말고, 그냥 하고 싶은 만큼 다 해."

물론 내가 이렇게 말하지 않아도, 이미 하고 싶은 일을 맘껏 벌이며 흑역사들을 모으고 있지만. 내년에는 꼭 이들을 다시 만나 술 한잔 사 주고 싶다.

우리는 자랑스러운 대한민국
독립애니메이션이다

2023년, 정초부터 대한민국 극장가는 〈더 퍼스트 슬램덩크〉의 열기로 뜨겁다. 1990년대를 풍미한 만화의 극장판 애니메이션이 개봉 6주차에 300만 관객을 바라보다니, 감회가 새롭다. '만화영화'는 애들이나 보는 것이라던 인식은 이제 고릿적 이야기다. 여기서 질문 하나, '만화'와 '애니메이션'의 차이는 무엇일까?

1장의 원화(原畵)는 만화다. 그리고 1장의 그림을 24장의 동화(動畵) 즉, 움직이는 그림으로 완성해 영화의 24프레임(1초에 보여지는 동영상의 한 순간)으로 움직이게 하면 애니메이션, 즉 만화영화가 된다.

여기에서 또 하나의 질문을 던져 본다. 애니메이션과 독립

애니메이션은 무엇이 다를까?

영화에도 상업영화와 독립영화가 있듯 애니메이션에도 상업
애니메이션과 독립 애니메이션이 있다. 주제나 상업성의
차이도 있겠지만, 프레임의 차이도 있다. 우리가 극장에서
볼 정도의 자연스러운 움직임은 1초에 24프레임이어야
한다. 하지만 독립 애니메이션은 1초에 8장 또는 12장의
그림으로 완성하는 것들이 많다. 시간과 비용의 차이도
있으니 움직임이 상업 애니메이션처럼 자연스러울 수는 없다.
상업영화와 독립영화의 차이를 간단히 한마디로 정의하기
어렵듯, 상업 애니메이션과 독립 애니메이션도 그렇다.
세계 3대 애니메이션페스티벌로는 프랑스의
안시, 크로아티아의 자그레브, 캐나다의 오타와
애니메이션페스티벌이 꼽힌다. 일본의 히로시마
애니메이션페스티벌까지 포함하면 세계 4대로 불리기도
한다. 언젠가 내가 전 세계로 영화제 여행을 떠난다면
애니메이션페스티벌이 열리는 이 도시들은 꼭 포함하리라
다짐한 적이 있다. 풍광이 아름다운 곳으로 유명한 이
도시들은 종종 우리나라와는 다른 색감과 감성으로
애니메이션에 담긴다. 볼 때마다 '얼마나 아름다운 곳이면'
하는 상상을 했고, 그 상상을 직접 눈으로 확인하고 싶은

마음이랄까.

국내 애니메이션페스티벌을 한 차례 홍보한 적도 있다.
하지만 지자체와 학계가 너무 깊이 개입한 행사여서
작품들에 깊이 몰입하지 못해 아쉬웠던 차에 2017년,
'제13회 인디애니페스트'를 만났다. 독립영화도 힘들다고
난리인데, 하물며 독립 애니메이션만 다루는 축제가 그렇게
오랫동안 이어졌다니 놀라웠다. 13년간 꿋꿋하게 국내에서,
아니 아시아에서 유일하게 진행해 온 독립 애니메이션 축제.
과연 어떤 이들이, 어떤 작품들이 선보이고 있을까? 그곳에
찾아갔다.

집행위원장 하기 딱 좋은 나이

'아시아 유일의 독립 애니메이션 전문 영화제'라는 타이틀을
당당히 사용하고 있는 인디애니페스트를 왜 나는 그동안
알지 못했을까? 스스로에게 반성 어린 질문을 던지며,
그해에 새로 영화제를 맡은 최유진 집행위원장을 만났다.
애니메이션 〈소나기〉의 안재훈 감독이 직접 그렸다는
소박하고 귀여운 캐릭터 명함으로 인사를 나눴다. 사실
그를 보자마자 깜짝 놀랐다. 보통 영화제 집행위원장은
중년이나 그 이상이 많다. 그런데 너무 젊은 청년이었다.

최연소 집행위원장이 아닐까 하는 생각이 들어 질문했는데,
최연소는 잘 모르겠고 '집행위원장 하기 적당한 나이'란다.
어이없는 질문이었겠구나 싶으면서도 한편으로 깨달았다.
'그래, 숫자에 상관없이 열정이 에너지로 폭발할 때가 뭔가
하기 적당한 나이지.'

그는 2회 때인 2006년부터 이 영화제와 함께했다.
사무국장을 거쳐 집행위원장이 되기까지 도망갈 타이밍을
놓쳤다고 했다. 그 이유는 마치 내가 영화를 업으로 이어
온 것과 비슷했다. 도망가고 싶지만 늘 타이밍을 놓치고
말았다. 영화라는 것은 아무래도 떼려야 뗄 수 없는
징글징글한 재미가 있었다. 그도 매번 새로운 사건사고가
끊이지 않는 이곳을 떠날 수가 없었다. 그것을 해결하고
매번 새로운 콘텐츠를 보다 보니 어느새 영화제도 꾸준히
성장했다. 그리고 영화제는 본능적으로 유명세가 있는
집행위원장이 아닌, 실질적으로 책임감 있게 일하는 사람을
집행위원장으로 선택했다. 그야말로 일 벌이기도, 수습하기도
좋아하는 '아름다운' 분위기에 매료된 사람들이었다.

'조용한' 감독들의 '야심찬' 작품들

내가 마케터로 일하면서 담당했던 국내 애니메이션은 단 두

편. 그만큼 국내 애니메이션은 만나기 쉽지 않다. 두 작품 중
하나는 지금은 천만 감독이 된 연상호 감독의 데뷔작 〈돼지의
왕〉이었고 다른 하나는 최경석, 노나카 카즈미 감독이 연출한
〈고녀석 맛나겠다2〉였다. 연상호 감독은 당시 성인용 장편
애니메이션에 어렵게 투자 받아 첫 극장용 영화 개봉을
한 독립 애니메이션 신인 감독이었고 최경석 감독은 상업
애니메이션으로 개봉을 준비하는 행운을 얻었다. 지금은
몰라도 내 기억 속 두 사람은 모두 말수가 적고 소극적인
분위기였다. 때문에 홍보하는 내내 조금 더 챙기며 긴장을
풀도록 도와야 했다. 최유진 집행위원장은 보통 영화와는
달리 애니메이션은 혼자 그림을 그리는 작업이라 낯선
사람과의 교류가 익숙하지 않은 감독들이 많다고 했다.
그때서야 예전 일들이 이해가 되었다. 수십 명의 스태프들
앞에서 'Ready Action!'을 외치는 감독들과는 사뭇 결이 다른
거다. 손으로 하나하나 그려 낸 작품을 완성했으나 마땅히
상영할 곳을 찾지 못하는 감독들이 많았다. 그래서 만든
영화제가 바로 '인디애니페스트'다.

아직 우리에게는 '독립' 애니메이션이라는 말 자체가
생소하다. 주로 마니아층들만 선호하는 이미지인데, 이

영화제가 추구하는 '독립'의 의미가 궁금했다. 최유진 집행위원장은 그것이 자본으로부터의 독립, 제작 과정부터 유통 과정까지의 독립을 포함한다고 했다. 그러나 그 '독립' 역시 최소한의 자본이 있어야 가능하다고 덧붙였다. 이 어려운 상황에서 애니메이션을 만들고 있으니 이들이 얼마나 하고 싶은 말이 많겠는가. 인디애니페스트는 약간은 소심한(?) 감독들과의 수다를 모아 '애니듣수다'라는 프로그램을 만들었다. 팟캐스트와 유튜브로 그들의 수다를 들을 수 있다.

"독립영화니까 돈 안 내도 되지 않아?" 하고 묻는 관객이 아직도 있다는 말을 들었을 땐 정말 깜짝 놀랐고 순간 흥분했다. 아직도 그런 말을 하는 무지한 관객들이 있단 말인가. 창작물에 대한 최소한의 예의도 없다며 나는 약간 광분했다. 우리는 국공립기관에서 문화행사를 무료로 진행하는 것에도 문제의식을 공유했다. 문화 접근성을 높이겠다는 의도는 이해하지만 적어도 수십 명의 스태프들이 머리를 맞대고 수개월을 고민해서 만든 창작물을 단지 비상업적인 곳에서 상영 또는 공연한다는 이유로 무료 관람을 당연시하는 것에는 문제가 많다. 비상업과 독립 문화예술 영역에도 대한민국에서 작품을 하는 이들의 미래와 꿈, 야망이 담겨 있기 때문이다. 아직까지도 그걸 설명해야 하는 현실이 답답했지만, 그게 바로 인디애니페스트와 같은 영화제가 자리를 지켜야 하는 존재 이유임에도 공감했다.

문화를 바꿔 나가는 선봉장

내가 본 인디애니페스트의 작품들은 기존의 애니메이션 작품들과는 그림체가 확연히 달랐다. 곱게 다듬은 상업 애니메이션과는 달리 때로는 거칠고 투박하며, 때로는 우스꽝스러웠다. 그 다양한 화풍이 오히려 재미있고, 상상력을 자극한다. 하지만 관객들은 익숙한 화풍, 애니메이션 특유의 아름다운 스토리를 선호한다. 그러나 익숙하다는 이유로 우리가 언제까지 디즈니와 일본풍 영화만을 볼 수는 없지 않은가. 나는 문화를 바꾸는 그 선봉에 인디애니페스트가 있다고 생각한다.

최유진 집행위원장은 인터뷰 당시 인디애니페스트 목표 관객이 1만 명이라고 했다. 영화제 치고는 너무 적은 수라 의아했다. 그런데 웹툰 시장이 활발해졌어도 여전히 '만화'와 '애니메이션'의 차이를 구분하지 못하는 사람이 부지기수라 그 개념부터 설명해야 할 때가 있다는 말을 들으니 상황이 이해가 갔다. 안타까운 이야기다.

인터뷰 영상을 찍던 나는 그에게 "마지막으로 영화제에 대해 맘껏 자랑해 주세요"라고 마무리 멘트를 요청했다. 그런데 최유진 집행위원장은 자랑 대신 "그 말이 얼마나 고마운지 몰라요"라고 답했다. 얼마나 자랑할 게 많은, 자랑스러운 영화제인데 자랑할 기회가 많지 않았다는 말이다. 그 말이 무척 듣고 싶었다는 말로 들려 찡했다. 그의 꾸준한 노력은 언젠가 빛을 발할 거라고 믿는다.

인터뷰를 마친 이후 개막식 현장인 서울애니메이션센터에서 엄상현 성우를 우연히 마주쳤다. 내가 했던 애니메이션 〈고녀석 맛나겠다2〉의 주인공 미르 목소리 연기로 인연이 있었던 터라 너무 반가웠다. 〈쿵푸팬더〉 주인공 포, 〈가필드〉 주인공 가필드의 목소리 연기뿐 아니라 〈마당을 나온 암탉〉의 수탉, 최근에는 〈더 퍼스트 슬램덩크〉의 송태섭을 연기한 목소리 주인공이다. 그는 매년 인디애니페스트의 사회를 맡으며 영화제를 꾸준히 응원하고 있다고 했다. 잠깐이었지만 우리는 한국 애니메이션이 활발히 제작되어 우리 성우들이 많이 참여하게 되기를 바란다는 말을 나눴다. 나는 〈고녀석 맛나겠다2〉 마케팅 당시 안장혁, 시영준, 김희선 등 쟁쟁한 국내 성우들과 함께했던 기억을 떠올려 보았다. 우리나라 애니메이션에 우리나라 성우가 목소리를 입히는 작업이 얼마나 의미 있는 작업이었는지 새삼 다시

한 번 되뇌었다. 그런 순간을 더 많이 만들기 위해 그도
선배 성우로서 우리 애니메이션의 미래를 응원하는 마음이
느껴졌다. 그래 이런 마음들이 모이고 쌓이면 언젠가는!
대한민국 상영관에서 우리 애니메이션이 박스오피스
1위를 기록할 날을 기다리며, 자랑스러운 우리나라 대표
독립 애니메이션 영화제, 이제는 이름도 업그레이드된
서울인디애니페스트를 언제까지나 응원하고 싶다.

영화로 분노하고
영화로 저항하라!

레지스탕스(Résistance). 프랑스어로 '저항'이라는 뜻으로 제2차

세계대전 때 프랑스를 점령했던 나치 독일에 저항한 활동을

일컫는다. 넓게는 점령군에 저항하는 활동 자체와 거기에

가담한 사람들을 가리키는 표현으로 쓰이는데, 그 기본

정신은 독립과 자유를 위한 분노, 그리고 저항이다. 일제

강점기의 우리나라에서도 레지스탕스 활동이 활발했고, 그

이야기를 그린 영화로 최동훈 감독의 〈암살〉과 김지운 감독의

〈밀정〉이 있다. 부당하게 나라를 침략하고, 독립과 자유를

침해하는 권력에 저항하는 현대의 레지스탕스들은 아직도

세계 곳곳에 있다. 저항은 끝나지 않았다.

대한민국 임시정부수립 99주년을 맞아 2018년 처음 개막한

레지스탕스영화제 소식을 듣자마자 생각했다. "와, 이름

세다!" 만드는 이의 의도에 따라 영화는 선전과 선동의

수단이 되기도, 저항의 상징이자 투쟁의 무기가 되기도 했다.

그런데 이름부터가 '레지스탕스'라니, 게다가 국내 최초의

역사 영화제를 표방한다고 해서 더 멋스럽게 들렸다.

레지스탕스영화제는 기자 출신 영화평론가 오동진

집행위원장이 주축이 되어 탄생했다. 그는 한 인터뷰에서

이 영화제를 "3·1운동 및 대한민국 100주년 법통을 이어

가자는 취지로 기획된 역사 영화제"라고 소개한 바 있다.

이미 제천국제음악영화제 집행위원장, 마리끌레르영화제

집행위원장, 들꽃영화상 운영위원장, 부산아시아필름마켓

운영위원장 등으로 영화제 부심이 가득한 그가 왜 또 사서

일을 벌이는지, 아무도 못 말리는 그를 오랜만에 만나

이야기를 듣기로 했다.

영화제 집행위원장은 모두 레지스탕스

내가 알고 겪어 본 많은 영화제 집행위원장들은 늘 싸울

준비를 단단히 한다. 위든 아래든, 누가 뭐래든, 갑옷을

입고 선봉장으로 나선다. 어떠한 상황도 거침없이 해결하고

말겠다는 마음가짐을 한 장수처럼 단단히 중무장을 하고

칼자루를 흔들어야 한다. 좀 거창하게 들릴 수 있지만 그게
현실이다. 그래야 영화제라는 큰 산을 무사히 넘을 수 있다.
때문에 누군가는 그 힘겹고 고된 자리를 꺼리기도 하고
누군가는 업계 선배인 죄로 숙명처럼 그 자리를 담담히
받아들인다.

오동진 집행위원장은 자신이 기자로 일하던 1996년에
개막한 부산국제영화제를 1회부터 지켜봤다. 이후 다수의
영화제를 경험하면서 영화제를 통해 진정한 영화다움을
찾고 싶어 했다. 작품 선정은 주로 프로그래머가 한다. 하지만
그는 집행위원장이야말로 영화제에 "우리의 목소리를 넣어
보자"는 방향성 설정 권한이 누구보다 많은 직책이라 말한다.
물론 내부 스태프 갈등, 민관 합동일 경우 공무원과의 갈등,
문화예술인들에게 너무나 불편하고 어려운 국고보조금
통합관리 시스템인 e나라도움 관리 등 다양한 업무를
해결하고 감당해야 하는 자리이기도 하다. 또 집행위원장은
관료주의와 보신주의 간 내외부 조직 싸움 매뉴얼을 알고
있는 사람, 그리고 그 싸움에서 살아남는 자여야 한다고
말한다. 때문에 치열하고 정치적이며, 영리하고 저돌적인
인물에게 어울리는 자리이기도 하다. 여러 영화제를
홍보하면서 직접 만났던 집행위원장이 하나같이 웅장하고

저돌적인 기운을 한껏 내뿜고 있던 까닭이 그와의 대화로
이해가 되었다. 그들은 모두 영화제를 할 수만 있다면 뭐라도
할 기세였던 것이다.

이때가 아니면 다시 볼 수 없을지도 모른다

기자가 세상의 온갖 눈치를 보는 직업이라며 푸념하던 그가
이제는 그 누구의 눈치도 보지 않는 영화제를 만든다. 그것도
이때가 아니면 다시 볼 수 없을지도 모를 작은 영화제를. "안
보는 사람만 손해지 뭐" 하고 명계남 배우가 말했을 정도로
자신감이 뿜어 나오는 이 영화제, 도대체 어떤 영화제일까?
이 영화제는 사단법인 대한민국임시정부기념사업회
국립대한민국임시정부기념관 건립위원장이자, 한국의
아나키스트라 불리는 독립운동가 이회영의 손자인
전 국정원장 이종찬 위원장의 제안으로 시작되었다.
임시정부수립 100주년을 기념하여 영화제를 만들고 싶다는
것이었다. 그는 영화제의 이름도 직접 제안했다.
"레지스탕스영화제가 어떻습니까?"
깜짝 놀랄 만한 의견에 오동진 위원장조차도 "감당하실 수
있으시겠어요?"라고 반문했다. 하지만 저항의 역사가 왜
필요한 것인지 알고 그 역사를 바로 알려야 한다는 이종찬

위원장의 열린 기세에 그는 결국 집행위원장이라는 총대를
멨다.

그러나, 저항의 역사라. 너무 무겁고 어려운 이미지가 아닌지
걱정이 됐다. 하지만 그는 과거 독립운동가의 나이가 모두
10대였고, 젊은이들의 영웅이 된 체 게바라도 30대 초반의
나이였음을 들어 역사의 시작이 젊은 청년들의 저항에서
비롯되었음을 강조했다. 그러니 어려울 것 없다는 것이다.
"얻다 대고 대들어?"의 상대가 개인이면 반항, 조직이면
저항이다. 그는 일상 속에서의 저항이 늘 필요하다고 말한다.
기성세대 혹은 보수적인 사회에서 조금 다른 의견을 내세울
때 그것은 자주 반항으로 치부되어 버린다. 그러나 기존의
것을 거부하고 새로운 세상을 만나려는 이들에게는 세대를
막론하고 어떠한 힘이나 조건에 굽히지 않고 버틸 힘이
필요했다. 그것이 바로 저항, 레지스탕스다.
이들은 그 저항의 모습을 담은 콘셉트 강한 영화들을 모아
'세상 무서운 맛 한 번 보여 주는 영화제'를 만들어 버렸다.
하고 싶은 건 해 버리자, 하고 싶은 말도 해 버리자 하는
저항의 모습 그 자체였다. 기존의 질서에 반대하고 부딪히며
해결해 나가야 세상은 더 인간적인 방향으로 나아간다.
그러한 저항의 모습과 메시지를 담은 영화를 소개하려는

노력은 그래서 더 의미 있다. 앞으로 누군가 반대하고 핍박한다 해도, 올해 한 번만이라도 해 버리자. 그렇게 이 영화제는 시작부터 '올해 아니면 볼 수 없을지도 모르는 영화제'가 된 것이다.

젊고 강렬한, 그들만의 필름 어워즈

짜릿했다. 설명을 들으니 '까짓것 해 버리자'라는 마음에 금세 동요되었다. 관객을 개의치 않고 하고 싶은 말을 하는 영화들이 궁금해졌다. 그렇게 2회를 준비 중이었던 영화제 이야기는 한참 세상을 향한 저항과 정치 수다로 흘렀다. 그러다가 '극우들이 와서 꼭 봤으면 하는 무료 영화제, 그곳에 갔다 왔다고 말하지 못 하는 영화제가 이 영화제 아닐까 한다'는 진심 섞인 농담을 나눴다.

2019년 레지스탕스영화제는 젊었다. 개막작인 〈후즈 스트리츠?〉를 공동 연출한 사바 폴라야 감독이 1986년생, 데이먼 데이비스 감독이 1990년생이다. 이 영화는 2014년 미국 미주리주 퍼거슨시에서 백인 경관의 무차별 총격에 사망한 비무장 흑인 청년 마이클 브라운 사건의 불기소 처분에 항의하는 '퍼거슨 봉기'를 다룬 영화다.

외국 영화만 있으란 법 있나. 2019년 5월, 우리나라에

〈김군〉이라는 영화가 개봉했다. 1983년생 강상우 감독의
작품이다. 그가 태어나기도 전에 일어난 1980년 5월의 광주를
배경으로 총으로 무장한 사진 속 인물, 김군을 찾아 나선
다큐멘터리 작품이다. 그들이 알고 싶은 5월의 광주 이야기는
무엇일까. 그의 추적은 신선했고 광주를 다룬 여타 다른
작품과는 달랐다. 그의 시선을 따라 함께 김군을 찾는 시선,
그로 인해 알게 된 사람들을 바라보는 시선이 남달랐다. 무작정
찾아 나선 동선 안에 누군가는 밝혀야 할 가슴 아픈 사실들이
녹아 있었다. 저항은 특정 집단이 아니라 부당함을 경험한
사람들의 일상 속에, 생각 속에 스며들어 있다.

레지스탕스영화제는 그들만의 시상식인 '레지스탕스
필름 어워즈'를 만들어 상을 수여했다. 2019년 수상자는
〈김군〉의 강상우 감독과 신연경, 고유희 프로듀서, 그리고
〈노무현입니다〉와 〈김군〉을 제작한 제작사 풀의 최낙용
대표였다. 또, 한국 최초의 노동 영화이자 30년 만에 재개봉해
화제를 모은 〈파업전야〉를 제작한 장산곶매의 이용배 대표,
장동홍 감독, 재일 한인 위안부의 이야기를 다룬 다큐멘터리
〈침묵〉의 박수남 감독도 공동 수상했다. 하고 싶은 말 다 한
사람들에게 주는 상이었다.

그래서, 레지스탕스영화제가 대한민국 임시정부와 무슨

상관이냐는 질문이 남는다.

'그럼에도 우린 한다면 한다.'

갖은 핍박과 탄압 속에서, 그럼에도 불구하고 지역 곳곳, 해외 곳곳에서 활동을 감행한 그 정신을 이어 이렇게 젊은 영화인들이 어떤 상황에도 굴하지 않고 하고 싶은 말을 할 수 있는 영화제. 레지스탕스영화제는 그것이 정치든 역사든 기탄없이 누구의 눈치 보지 않고, 궁금함을 참지 않고 만들어 낸 창의적이고 예술적인 도전에 작지만 힘 있는 판을 벌여 주고 있었다. 코로나 기간 동안 영화제는 진행되지 않았다. 아니, 못 한 것일지도 모른다. 그러나 오동진 집행위원장은 정치 캠페인을 결코 멈추지 않았다.

2022년, 3.1절 기념식이 국립대한민국임시정부기념관에서 열리며 장소의 개관을 알렸다. 레지스탕스영화제로 인해 그 장소에 관한 소식은 내게 더 의미 있게 다가왔다. 그리고 영화를 홍보할 때 충만했던 전투력을 이미 상실한 중년의 나는 가끔 젊은 시절 들끓던 투쟁의 마음이 그리울 때 이 영화제와 그 장소를 떠올릴 것이다. 다시 못 볼지 모르기 때문이다.

국내 유일의 비경쟁 독립영화제,
영화제계의 자유 영혼

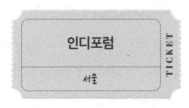

인디포럼

TICKET

서울

우리는 왜 영화를 사랑할까? 나에게 영화는 무엇이었나?

그게 뭐라고 그렇게 오랜 시간 동안 매여 있었던 걸까?

'영화'란 존재로 인해 사람과 사람이, 사람과 공간(극장)이

연결되기도 하고 알 수 없는 힘에 의해 공감대와

연대의식까지 생긴다. 사랑도, 우정도, 애국심도, 열정도

모두 영화 안에 담겨 있다. 화려한 상업영화도 있지만 수수한

매력의 독립영화도 있어서 그때그때의 기분에 따라 선택의

폭도 다양하다. 영화 덕에 내가 알지 못하는 미지의 세상을

만나기도 하고 현재가 아닌 미래를 꿈꾸기도 했다. 영화는

내 작은 세계관을 확장시켜 주는 신통한 친구다.

무엇보다 확실한 건 내가 영화를 좋아하는 만큼이나,

영화 일을 하는 자유로운 영혼들을 사랑한다는 것이다.
'인디포럼'은 그 사실을 내게 확인시켜 준 영화제였다.

단편영화제도, 독립영화제도 한 시절 유명세를 탔다. 지금은
아쉬운 작별을 하게 된 미쟝센단편영화제와 2022년 48회를
맞이한 서울독립영화제가 그 주인공이다. '인디포럼'은 그
틈에 아무런 경쟁 없이 누구에게나 열린 독립영화제다.
이름도 영화제 같지 않아서 도대체 어떤 색깔의 영화제일까
궁금했다. 조금 많이 늦었지만 2018년 제23회 인디포럼을
처음 찾았다. 이 영화제는 ㈜인디포럼 작가회의에서
주최한다. 집행위원장 역할이 곧 작가회의 의장이었는데,
2016년 새롭게 의장으로 선출된 박홍준 의장을 만나 많은
이야기를 나눴다. 어떤 형식이나 규제 없이 '자유 영혼'을
외치는 부류의 영화제를 찾으려면 단연 '인디포럼'을 꼽아야
한다고 생각될 만큼 매력적인 그들만의 세계를 보았다.
내가 운영하던 유튜브 채널 '몹씨 궁금한 영화제'를 직접
찾아보고는 "이렇게 영화제 이야기를 편안하게 할 수 있다니
좋네요" 하고 건네는 첫 인사에 나도 모르게 마음을 놓아
버리고 말았다. 나는 또 인터뷰를 핑계로 주책을 떨며
잔소리까지 쏟아 냈다.

감독, 피디, 평론가, 우리끼리 마음대로 하는 영화제

1996년부터 시작한 이 영화제는 우리나라에서 가장 오래된 독립영화제로 기록된다. 흔히 서독제라고 불리는 서울독립영화제와 비교하여 서독제가 가장 오래됐다는 이들도 있을 거다. 지금의 서독제는 1975년 한국청소년영화제를 시작으로 2001년 한국독립단편영화제라는 이름을 쓸 때까지 단편영화 중심의 영화제였다. 때문에 당시 장편 독립영화 감독들은 만든 작품을 상영할 곳이 마땅치 않았다. 그래서 영상집단인 '문화학교서울'과 지금은 독립영화의 대부 격인 조영각 피디가 주축이 되어 새 영화제를 만들었다. 실험적이고 형식 파괴적인 독립영화들을 상영함은 물론 포럼 형식의 이야기까지 더했다. 영화 비평도 서슴지 않았고 영화에 대한 토론이라면 어떤 이야기라도 주저하지 않았다. 독립영화의 기본 정신인 자본과 권력, 검열로부터의 독립, 그리고 배제 없는 공동체적인 삶까지 녹아 내려 했다. 그 영화제의 이름이 '인디포럼'이다. 그리고 예술 작품을 독창적으로 지어내는 일에 종사하는 사람을 '(창)작가'라고 부르니 이들의 공동체 이름은 '인디포럼 작가회의'가 됐다. 다시 말해, 작가들을 위한 영화제였던 것.

처음 알았다. 대부분은 영화의 메시지를 관객들에게 알리기

위한 영화제를 하지만 이 영화제는 작품을 만드는 감독과
제작자 또는 프로듀서 그리고 그것을 이야기하는 평론가가
그들의 이야기를 하는 영화제였다. 또 대부분의 영화제들이
경쟁 부문을 운영해 수상작을 뽑고 유명 배우를 홍보대사로
위촉하는 등 홍보를 위해 애쓰는 것이 당연한 가운데, 그것을
일체 배제한 이 영화제는 크게 소문내기도 쉽지 않았을
것이다. 그리고 그 선택이 이 영화제를 말해 준다.

알려지지 않았어도 우리에겐 대상!

언론에서도 인디포럼 관련 소식을 찾아보기란 쉽지 않다.
그나마 개막식 사회자를 독립영화를 통해 조금 알려진
배우로 섭외해 기사화되는 정도다. 홍보대사도 수상작도
없지만, 의외로 개막식에 수여하는 '올해의 얼굴상'과 폐막식
때 수여하는 '올해의 활약상'이란 게 있다. 올해의 얼굴상은
독립영화 정신을 구현한 외부의 개인 또는 단체에게 주는
상이다. 2018년 올해의 얼굴상에는 세월호 희생자들이,
2016년에는 수년간 노조탄압에 맞서 온 금속노조
유성기업지회 노동자들이 수상한 바 있다. 올해의 활약상은
그해 활약한 스태프들에게 주는 상이다. 지금은 영화 현장
스태프들에게 수여하지만 2016년에는 KBS 독립영화관

송치화 작가가, 2010년에는 당시 법무법인 한결의 변호사였던 박주민 국회의원이 수상했다. 이처럼 인디포럼은 자신의 목소리를 내는 것을 두려워하지 않고 일반 영화제가 관객과 소통하는 방식과는 조금 다른 방식으로 소통하고 있었다. 그러니 꼬박꼬박 보도 자료를 보내도 기사화되지 않았고, 대중도 영화제 정보를 쉽게 알 수 없었던 거다.

2019년에 인디포럼은 영화제 행사를 잠시 멈추고 '모두를 위한 각자의 영화제'라는 토론 주제로 한 해를 보냈다. 기존의 영화제를 돌아보고 인디포럼의 현재를 현실적으로 고민하는 토론회였다. 이듬해 다시 시작한 영화제는 의장이나 집행위원장 없이 작가들의 공동 운영 체제로 변화했다. 2018년 즈음부터 행사 규모가 커지면서 시스템화와 자유로움 사이에서 고민이 있었다고 한다. 전문 기획자들이 아니다 보니 기존 영화제의 형식을 파괴하는 것에도 고충이 따랐고, 토론을 거친 고민은 이후 빠르게 반영됐다. 솔직함을 바탕으로 새롭게 출발선에 선 이들. 인디포럼 스스로가 올해의 얼굴상 수상자 같았다.

Never Stop! 독립영화!

인디포럼에는 매해 1천여 편 가량의 작품이 출품된다. 초등학생부터 성인까지 연령 제한도 없고, 카메라로 찍은 작품부터 휴대폰으로 찍은 작품까지 기술의 제한도 없다. 때문에 학교 작품도, 워크숍 작품도 많다. 내부 심사 위원이 심사숙고해 선정한 장편, 단편영화 중 5~60편 정도가 신작전을 통해 상영된다. 선발 기준은 많이 소개되지 않은, 작가적인, 도전적이고 실험적인 작품이다. 이들의 홈페이지에 들어가면 프로그램에 대한 화려한 소개보다 평론가들의 작품 비평이 다수 실려 있다. 영화를 만든 사람, 그 영화를 보고 글을 쓰거나 비평하는 사람들 모두 자기만의 이야기를 하고 있다는 공통점이 있다.

그래서 오히려 관객들이 배제되지는 않을까 싶지만 그렇지 않다. 당신이 작품을 보고 마음껏 이야기하고 싶은 적극적인 관객이라면 단연코 인디포럼에 가길 추천한다. 우리가 알고 있는 관객과의 대화(GV)처럼 단편적인 질의응답을 하는 것이 아닌 자신만의 이야기를 주도적으로 하고 싶은 관객이면 더 좋다. 그러한 '인디'스러운 관객이 이 영화제에는 더 어울린다. 누군가가 받을 상처 따위도 고민하지 말자. 모두가 자기 스스로의 이야기에 도취되어 있을 테니 말이다.

박홍준 의장에게 인터뷰 마지막에 영화제 홍보 멘트를 요청했고, 그가 외쳤다.

"Never Stop! 독립영화!"

조금 촌스럽지만 "절대로 멈추지 않겠습니다" 하고 남긴

마지막 인사가 가슴을 울렸더랬다. 그래. 모두가 이야기를

멈출 수는 없다. 그래야 살아 있는 거지.

앞서, 내가 했다는 잔소리의 정체를 이제 밝힌다.

"인디포럼은 기존 영화제 형식과 어울리지 않아요. 더

자유로워지세요"라며 인터뷰 내내 강요 아닌 강요를 했다.

돈벌이보다 표현의 가치를 더 우선시하는 이들이기에

"배고파도 어쩌겠어요. 대신 하고 싶은 말 다 하잖아요" 하고

쓴소리도 조금 던졌다. 하지만 그들은 왜 내가 하고 싶은

이야기로는 돈벌이가 안될까에 대해 고민하며 끊임없이

도전하고 실험하고 있겠다 했다. 내 목소리로 이야기를 하는

영화제. 나도 한 번 영화를 출품해 볼까? 말도 안 되는 상상을

하게 하는 멋진 영화제다.

DMZ국제다큐멘터리영화제

고집스럽게 다큐멘터리 영화를 고수하는 DMZ다큐멘터리영화제는
벌써 14회째 진행되고 있다. 타이틀답게 DMZ(비무장지대)를
배경으로 경기도와 고양시, 파주시와 연계해 규모 있게 꾸려지고
있다. 사단법인으로 독립했던 6회 때 내가 홍보를 맡아 진행했는데,
이곳에서만큼은 다큐멘터리 감독이 그 누구보다 대우 받으면 좋겠다는
생각으로 열심히 했다. 유명 감독이나 배우보다 다큐 감독이라서
자랑스러운 축제의 현장이기를 꿈꾸었다. 앞으로도 좋은 다큐를 알리는
모두의 영화제로 남길 응원한다.

세계 영화인의 축제,
칸 국제영화제

5월이 되면 칸 국제영화제의 계절이 돌아온다. 2022년
제75회를 맞이한 칸 영화제는 과거 우리나라 영화인들에게
판타지처럼 여겨지는 꿈의 영화제였다. 나도 한때 과연 언제
우리 배우가 저 레드카펫을 밟을 수 있을까 하고 동경했다.
그런데 그 판타지가 현실이 되었다. 심지어 이제는 해마다
우리 배우들이 작품을 들고 나가 수상을 할 만큼, 그리고
세계가 우리의 작품을 기다릴 만큼 크게 성장했다.
그런데 그렇게 꿈에 그리던 곳에 방문하고 나면 막상 부국제
같은 우리나라 영화제가 그리워지는 것은 왜일까? 수년 전
내가 여행으로 잠시 방문했던 칸의 추억을 더듬어 본다.

뜨겁고도 치열한 스크린 너머의 사람들

여행으로 처음 찾은 프랑스 칸

칸(Cannes)은 남프랑스의 휴양 도시다. 영화제 기간이 아니면 여타 바닷가 풍경과 별반 다르지 않다고 하여 꼭 영화제가 열리는 때에 한번 가 보고 싶었다. 축제로 북적이는 생생한 현장을 느껴 보고 싶었다. 영화도 각 작품마다 해외 진행팀이 있어 국내 홍보팀이 칸에 투입되는 경우는 그다지 많지 않다. 나도 기회가 없었는데, 휴가차 마음먹고 들러 보기로 했다. 튀르키예, 그리스를 거쳐 마지막 코스를 프랑스 칸으로 잡았다. 코스를 고려해 숙소는 일단 니스에 잡았다. 거기서 30여 분을 기차로 이동하면 칸에 도착한다. 오전 기차를 타고 칸에 도착해 영화제의 주 무대인 팔레 데 페스티발의 뤼미에르 극장 앞으로 갔다. 기차역에서 그리 멀지 않은 곳에 있어 지도만 보고 쉽게 찾을 수 있었다. 극장 정면이 보이는 카페에 잠시 앉았다. 레드카펫을 바라보고 있자니 여러 생각이 들었다. '이게 대체 뭐라고 그렇게 보고 싶었지?' 싶다가도, '늘 입에 달고 살던 칸에 내가 오다니!' 그런 감정의 소용돌이도 잠시, 내 눈에 들어오는 건 목에 ID 카드를 맨 정장 차림의 국내 영화인들이 여기저기 뛰어다니는 모습이었다. 마치 우리나라 어느 영화제에 온 듯 익숙한 장면이 아닌가. 게다가 "왔어? 시간 되면 같이 밥이나 먹자" 하고 말을 건네는 업계

지인들까지. 뭔가 이상할 정도로 자연스럽다. 혹시, 여기…
부산인가?

2013년 그해 칸 영화제에는 한국 장편영화가 단 한 편도
초청받지 못했다. 단편영화 세 작품만 초청받은 그해를
비운의 해라 부르기도 했다. 그러나 칸 현장은 달랐다. 여전히
화려했고 한국 스태프들은 분주했다. 열심히 뛰어다니는
그들에게는 좀 미안했지만 여행 목적으로 왔음을 밝히고
마음 편히 수다를 떨었다. 함께 일했던 동료들과 모처럼
타국에서 만나니 더 들떴던 것 같다. 골목골목을 걸으며
끊임없이 영화 이야기(정확히는 영화 판매, 구매 이야기)와 영화를
하는 사람들 이야기를 했다. 그들은 내가 여행 목적으로
왔음을 잊은 듯했다. 하지만 내게는 몇 주간 이어졌던 해외
여행의 말미라 오랜만에 쏟아내는 한국말 수다가 그저
좋았다. 그리고 여기는 우리가 그토록 바라던 칸이었다.

짜디짠 먹거리, 아담한 해변가

칸에서 우연히 만난 동료들과 구시가지에서 식사를 했다.
뤼미에르 극장에서 칸 구시가지까지는 조금 걸어야 한다.
그럼에도 그곳의 식당을 찾은 이유는 메인 거리의 식당들이
너무 비싼 데다 우리네 입맛에 좀처럼 맞지 않기 때문이다.

최근엔 어떻게 변했는지 모르지만 당시에는 현지 음식이 너무 짜서 힘들다는 이야기가 많았다. 오죽하면 몇몇 지인들은 주방 있는 숙소를 구해 직접 시장을 보고 음식을 해 먹었으랴. 출장으로 장기간 체류해야 하는 영화인과 취재차 방문한 언론인들이 너도나도 고충을 털어 놓았다. 나는 농담처럼 김밥 장사를 하면 어떻겠느냐고 물었다. 우리가 홍보하는 영화 속 캐릭터 옷을 입고, 만 원에 김밥과 미소된장국을 세트로 파는 거다. 물어본 사람들마다 반응이 좋았다. 심지어 2만 원 받아도 다 사 먹을 거란다. 뛰어다니느라 힘든데 간단히 먹을 것도 없어 늘 배고프기 때문이다. 미팅 시간과 영화 시간을 맞추기 위한 전투 현장! 그래서 한번은 꽤 심각하게 김밥 장사 진행 예산과 준비물을 적어 내려간 적도 있다. 밥통 2개, 프라이팬 2개가 필요하고, 김밥 김은 무조건 메이드 인 코리아로 가져가야 한다고 진지하게 말했다. 처음엔 장난처럼 듣던 직원들도 이내 진심이 되어 비행기삯과 숙소비가 나오겠냐, 잘 팔 수 있겠냐는 질문에 무조건 가능이라며 적극적인 반응을 보였다. 사실 흠칫 놀랐다. 어디를 가나 먹는 것에 참 진심인 우리나라 사람들이다. 내가 조금만 더 젊었더라면 아마 김밥을 파는 칸의 여인으로 뉴스에 나왔을지도 모를 일이다. 아무튼 다시 칸으로 돌아가, 꽤 걸어

도착한 구시가지 맛집은 다행히도 진짜였다. 역시 맛있는 음식에는 발품이 필수다. 밥을 든든히 먹고 구경을 시작했다. 구시가지 방향 언덕으로 오르면 칸 비치를 내려다볼 수 있는 전망대가 있다. 해변은 영화제 엠블럼인 종려나무로 둘러싸여 있고, 흰 요트들이 줄지어 있었다. 바다를 즐기기에는 조금 이른 날씨인데도 비치웨어를 입고 비치발리볼을 하거나 일광욕을 즐기는 사람들도 가끔씩 보였다. 하지만 그래도 내 눈에 들어오는 건 칸 영화제가 한창인 극장과 다양한 부스들. 뭐 눈엔 뭐만 보인다니 어쩔 수 없나 보다. 그런데 가만 있어 보자, 이렇게 작다고? 부산 해운대보다 작은가 싶을 정도로 해변이 아담해 보였다. 하긴, 생각해 보면 칸은 프랑스 소도시일 뿐이다. 헌데, 왜 그렇게 크게 느꼈던 걸까? 누군가 나와 비슷한 생각을 했다면 칸의 해변을 볼 때마다 우리도 어디 한번 해 볼 만하지 않나 생각했을지도 모르겠다. 누군가에게는 휴양지, 누군가에게는 도전정신을 자극하는 곳이 이곳, 칸이 아닐까.

칸에서의 작지만 소중한 추억

칸은 명품 매장이 많은 것으로도 유명하다. 보통 여행객은 쇼핑을 많이 한다는데, 내 주변 사람들에게는 쇼핑을 했다는 말을 듣지 못했다. 실제로 영화인들은 영화를 쇼핑하기에도 시간이 모자라기 때문이다. 영화제에서 해외팀들은 칸 필름 마켓으로 가장 분주하게 시간을 보낸다. 우리 영화를 팔기도, 해외 영화를 수입하기도 하는 치열한 비즈니스의 현장이다. 그들만의 리그는 서로 뺏고 빼앗기는, 보이지 않는 싸움터나 다름없다.

그 와중에 내게 칸에서 만나자던 후배가 있었다. 오래전 우리 회사 막내 직원이었던 그를 해변 인근 카페에서 만났다. 함께 일한 기간은 짧았지만 다시 만난 그는 어엿한 대기업 해외팀 직원이 되어 있었고, 정장 차림에 힐까지 완벽히 장착하고 나타났다. 그가 비즈니스 전선에 투입되기 몇 시간 전이었다. 코에 땀이 송글송글 맺힌 모습에 마음이 쓰였다. "시간이 얼마 없어서 죄송해요"라는 말이 무색하게 자신의 고민을 속사포로 털어놓고는 어디론가 같이 가자고 했다. 바로 칸 영화제 기념품 가게였다.

"그냥 이사님을 칸에서 만나면 제가 기념품을 사 드리고 싶었어요."

지금 생각해도 너무 귀엽고 고마운 말이다. 알고 보니 가슴 속에 사표를 품고 언제 다시 칸에 오랴 마지막에 한번 지르는 퍼포먼스였다. "골라 보세요" 하는 말에 엠블럼이

박힌 명함집과 연필 같은 문구류를 골랐다. 그리 비싼 건
아니었지만 그게 뭣이 중헌디. 아직도 가끔 그 물건을 보면
같이 치열하게 일하며 보냈던 시간들과 짧지만 뿌듯했던
칸에서의 깜짝 만남이 생생히 기억난다. 다시 생각해도
소박하지만 의미 있었던 쇼핑이다.

칸을 떠올리면 생각나는 또 한 사람이 있다. 나에게 독립영화
홍보를 함께 해 보자며 첫 제안을 했던 친구이자, 칸에서
우연히 만나 신나게 수다 떨며 식사를 하고 헤어졌던 멤버 중
한 명이다. 그 친구가 코로나 기간 중에 세상과 이별했다. 매번
실장님, 대표님 하던 녀석이 새삼스럽게 누나, 하고 부르며
힘들다고 남긴 문자가 마지막이었다. 안타깝고 속상하고
화도 났지만 칸의 기억 속엔 늘 그 친구가 있다. 우리가 그날
신나게 서로를 응원했던 기억만큼은 기쁘게 남겨 두고 싶다.
이렇게 글로 적고 나니 그토록 꿈꿔 왔던 칸에서도 결국 남는
것은 사람, 함께 영화에 미쳐 울고 웃던 사람들과의 기억이다.
아마 칸에서부터였던 것 같다. 내가 영화 일을 그만두면
영화제를 찾아 여행을 다니고 싶다고 생각했던 것이. 너무
바쁘게 뛰어다니느라 다 보지도, 즐기지도 못했던 영화제를
관객으로서 새롭게 만나 보고 싶었다. 이제는 우리나라
감독과 배우가 당당히 초청받고 수상하는 영화제가 되었으니

영화제를 보러 세계여행을 떠나도 좋겠다고 생각했다. 우선은

국내 영화제부터, 이렇게 출발하면 되는 거다.

뜨겁고도 치열한 스크린 너머의 사람들

SECTION 4.
경계를 넘어,
모두가 함께 즐기는

4

2022년 아카데미시상식 남우조연상의 시상자로 오른 배우 윤여정은 가슴에 #WithRefugees(난민과 함께)라고 쓰인 파란색 리본을 달고 등장했다. 수상자를 호명하기 전, 먼저 '축하합니다, 사랑합니다'라고 짧은 수어를 했는데 수상자가 바로 영화 〈코다〉에서 주인공 루비의 아빠 프랭크 역을 맡은 농인 배우 트로이 코처였기 때문이다. 수어는 그에게 가장 먼저 수상 소식을 알리는 제스처였다. 이뿐만 아니다. 두 손을 써서 수어로 수상 소감을 전해야 하는 배우를 위해 트로피를 미리 받아 옆에서 보좌했고, 그의 수어를 경청했다. 그 따듯한 장면은 우리나라뿐 아니라 전 세계에서 화제가 되었다. 덕분에 아카데미시상식이 모두가 함께 즐길 수 있는 무대가 된 것 같아 정말 인상 깊었다.

영화는 이제 산업이 되었고 누구에게나 사랑받는 문화콘텐츠임은 부정할 수 없는 사실이다. 하지만, 오랫동안 영화를 홍보하면서도 나는 영화를 보고 싶어도 보지 못하는 사람이 있을 거라고 생각해 본 적이 별로 없었다. '모두가 극장에 온다'라는 전제 하에 마케팅은 이루어졌다. 그렇게 나는 다수에 둘러싸여 소수를 놓쳤다.

소수는 사람뿐만이 아니다. 장르에도 있다. 소수가 좋아한다고 재미없는 것은 아니다. 우리가 그 진짜 재미를 잘 모를 뿐이다.

그러나 내가 보지 못한 한편에는 다수든 소수든 모두가 영화를 누려야 한다고 나선 사람들이 있었다.

경계를 넘어, 모두가 함께 즐기는

누군가는 존재도 잘 모르고 지나치는 작은 영화제를 만드는 사람들. 그들로 인해 무언가 큰 변화가 일어나거나 이슈가 되지 않을 수도 있다. 하지만 이들은 모두가 행복해 할 영화제를 만들어 나가고 있었으며, 모든 사람이 똑같은 공간에서 똑같은 영화만 보게 될 수도 있는 거대한 영화시장에 아기자기하고 신선하며 재기발랄한 조약돌을 골라 하나씩 던지며 작은 파장을 일으키고 있었다.

영화는 소수의 이야기를 수면 위로 올려 세상의 공감을 이끌어 낼 수 있는 멋진 장르다. 이번 장에서는 다양하고 귀 기울일 만한, 작지만 남다른 영화제들을 소개한다. 이 영화제 안에서 자신도 '영화'라, '영화인'이라 외치는 이들을 보고 있으면 지금껏 내가 알지 못한 새로운 세계를 만날 수 있을 것이다. 작아 보이지만 크고, 복잡한 듯하지만 자유로우며, 내 시야와 인식을 넓혀 줄 멋진 영화제들이다.

변호사와 영화제

2018년, 500명이 넘는 예멘인이 내전을 피해 제주로
입국했다. 당시 이 사건은 첨예한 찬반 논쟁을 불러
일으켰는데, 그들을 당연히 받아들여야 한다는 입장과
배척하는 입장이 맞부딪혔다. 평소 난민에 대해 생각해
본 적이 없던 나 역시 처음엔 적잖이 당황했지만 이내
받아들여야 한다고 생각했다. 시대가 시대인 만큼 세계
시민으로서 전쟁을 피해 도망쳐 나온 난민을 품는 것은
당연한 일이며 관련 시스템을 마련해야 한다는 의견은
타당했다. 우리가 받아들이지 않는다면 그들을 다시 전쟁
통으로 되돌려 보낼 것이란 말인가. 그들은 이미 목숨을 걸고
바다를 건넜다.

난민영화제는 2015년부터 시작되었다. 하지만 나는 2018년에야 난민영화제가 열리고 있다는 것을 알게 되었다. 나는 그때 처음으로 고민해 본 문제를 어떤 이들은 이미 영화제를 열어 가며 실상을 알리기 위해 노력해 왔던 것이다. 직접 찾은 영화제는 벌써 5회를 맞고 있었다. 난민영화제는 난민네트워크에 소속된 비영리단체들이 매년 돌아가며 주관하고 있다. 운영과 기획을 총괄하고 있는 이는 젊은 여성 공익 변호사였다. 20대 후반의 생기 넘치는 이 청년은 올바르고 야무진 생각으로 영화제를 꾸리고 있었다. 처음 만난 이현서 변호사의 그 에너지가 좋았다.

영화를 사랑한 청년, 약자의 목소리를 대변하다

이현서 변호사는 "부당한 대우를 받는 약자들은 늘 존재한다"고 말했다. 사실 그는 학창시절 배우 겸 감독을 꿈꿨다고 한다. 각종 단편영화에 출연하며 경험을 쌓았는데, 스스로 배우로서의 자질을 의심하고는 했단다. 그런 와중에 영화 현장에서 계약서를 쓰지 않는 관행 때문에 고초를 겪는 스태프들을 보았다. 너무 부당한 일들이 주변에서 벌어지는 것을 보며 그는 약자의 편에 서는 공익 변호사가 되겠다고 결심했다.

현재 이현서 변호사는 법무법인 화우가 만든 공익 활동 네트워크 화우공익재단에서 공익 변호사로 일한다. 외국인 노동자, 홈리스, 난민 등 사각지대에 놓인 사람들을 변호한다. 그는 변호사 일을 시작하며 난민인권네트워크라는 단체를 알게 되었다. 그들은 난민 문제를 알리기 위해 영화제를 개최하고 있었고, 그는 "영화제 일이라면 내가 안 할 수 없겠다"라며 자원했다고 한다.

그는 '난민'이 매우 특수한 사람들이라고 말했다. 사전적인 의미로 난민(難民)이란 인종, 종교 또는 정치나 사상적 차이로 인한 박해를 피해 외국이나 다른 지방으로 탈출하는 사람들이자 법적 지위다. 그래서 우리나라는 법무부가 그들을 심사한다. 대한민국은 2013년 아시아 최초로 난민법을 시행한 국가다. 1988년 서울올림픽과 2002년 월드컵, 2018년 평창동계올림픽까지 개최한 선진국으로서 나라를 잃은, 또는 나라가 버린, 돌아갈 수 없는 사람들을 품을 준비를 하고 있었기에 그들이 우리나라에 난민 신청을 할 수 있었던 것이다. 이주민은 스스로 이주를 선택한다. 하지만 난민은 선택이 아니다. 도망치지 않으면 살 수 없는 사람들이며, 보호를 필요로 하는 사람들이다.

변호사라는 직업은 흔히 수입이 좋은 직업이라는 이미지가 있는데, 돈 안 되는 비영리 활동만 하는 그에게 나도 모르게 "돈은 잘 버세요?" 하고 걱정스러운 물음을 했다. 그는 털털한 웃음으로 답을 대신했다. 그 웃음이 너무나 멋졌고, 약자와의 동행을 늘 고민하는 삶을 보며 나 스스로를 반성하게 했다. 일상생활에서도, 일터였던 영화 현장에서도, 여행지에서도 늘 약자들은 존재했고 나는 늘 그들을 스쳐 지났다.

난민을, 장애인을, 소수를 내가 굳이 찾아보아야 하나 생각할 수도 있다. 나 역시 영화제가 아니었다면 그들의 이야기에 귀 기울이지 못했을지도 모른다. 그러나 모든 존재는 귀하고, 소수도 포용하고 행복하게 살 수 있는 세상이라야 더 가치 있지 않은가. 한번 알게 되니 자꾸 눈이 갔다. 우리는 도처에 널린 불평등을 쉽게 외면한다. 그러나 언제, 누가 그 소수의 입장에 서게 될지는 아무도 모를 일이다.

한 예능 프로그램을 통해 "나만 아니면 돼"라는 말이 유행한 적이 있다. 왜 그 말이 유행어가 됐는지 정확히는 알 수 없지만 그만큼 방관자 효과(bystander effect, 주위에 사람이 많을수록 어려움에 처한 사람을 돕지 않는 현상을 일컫는 심리학 용어)에 많은 이들이 공감한다는 방증이라고 생각한다. 내가 나서지 않아도 누군가 돕겠지 생각해 외면하거나, 내가 나설 일이 아니라고 생각해 방관하는 동안 누군가의 삶이, 목숨이 스러진다.

나 역시 아주 많은 순간을 방관자로 살아왔다. 어떤 면에서는
지금도 그러하다. 그런데 이렇게 방관하지 않고 목소리를
내며 활동하는 이가 있었다는 것에 새삼 미안함과 감동이
함께 몰려왔다.

단 하루뿐인 영화제

영화제 개최 기간은 단 하루, 3편 정도의 영화를 상영했다.
하루에 개막식부터 폐막작 상영까지 모두 진행하는 거다. 이
이야기를 듣자마자 예산이 부족하거나 인력이 부족해서일
거라고 쉽게 단정했다. 진짜 이유는 예상 밖이었다. 난민을
소재로 한 영화가 별로 없기 때문이다. 우리나라뿐 아니라
전 세계적으로도 많지 않다고 한다. 그러니 이들에게는
상영작을 찾는 것부터가 큰 숙제다. 전 세계를 수소문해도
간신히 몇 편 상영할 수 있을 정도만 찾아낼 수 있으니
영화제는 하루면 되었다. 제작지원 프로그램을 만들어
영화 상영 편수를 늘리기에는 복잡한 절차들이 많았다.
영화제 스태프 모두가 원래 직업이 있는 상황에서 봉사로
영화제를 진행하기에 버겁기도 할 것이다. 예매를 열고,
기념품을 만들어 판매하여 펀딩을 하는 정도도 보통 일이
많은 게 아니다. 비록 짧지만 이들은 영화제에 최선을 다했다.

축제처럼 영화제를 구성하기 위해 영화제 주제곡을 만들어 공연도 해 보고, 참석한 난민들과 함께 춤과 노래를 선보이는 퍼포먼스를 준비하기도 했다. 그들에게 그 하루는 난민 문제를 알리는 너무나 소중하고 즐거운 하루였다.

인터뷰 이후의 나는 영화제를 대하는 마음가짐을 늘 바꾼다. 나는 영화제를 만나기 전, 직업병인지 마케터의 시선으로 '이러면 어떨까, 왜 이렇게 안 할까?' 하는 생각을 하고는 한다. 그러나 그들의 상황을 이해하고 받아들인 후에는 내 궁금증이 무지했다는 것을 깨닫는다. 이내 나는 그들이 더 잘 헤쳐 나갈 방법은 없는지 머리를 굴려 본다. 이번 만남에서는 유난히 많은 고민을 했는데, 난민을 소재로 한 낯선 영화를 들고 관객들을 기다리며 고군분투할 영화제 관계자들을 생각하니 마음 한편이 짠했기 때문이다. 해 줄 수 있는 건 결국 내가 먼저 관심을 갖는 것, 그리고 주변에 알리는 것. 그것밖에는 딱히 묘안이 떠오르지 않았다.

6월 20일은 세계 난민의 날이다. 그러나 뉴스가 그 사실을 알리고, 유엔난민기구 친선대사인 배우 안젤리나 졸리와 정우성이 등장해 난민에 대한 관심을 촉구하며 목소리를 높여도 여전히 많은 이들에게 난민의 이야기는 그저 스쳐 지나가는 이야기일 뿐이다. 하지만 하루라도 좋으니 이들의

실상을 알리려는 이들의 간절함과 영화제의 노력이 가 닿기를
바란다.

영화로 세상을 바꾼다는 건

2019년 초 개봉한 〈가버나움〉이란 영화가 있다. 개봉
당시에는 너무 우울해질까 봐 관람을 미뤘는데 인터뷰 후
마음을 다잡고 영화를 봤다. 출생 신고도 되어 있지 않은
12살 추정 소년 자인이 부모의 방치와 노동학대를 고소하며
시작되는 영화다. 주인공 소년이 처음 등장하며 보인 눈빛이
지금도 잊히지 않는다. 너무나 처연했다. 알고 보니 실제
시리아 난민인 소년을 감독이 길거리 캐스팅했다고 한다.
처연하다 못해 처참하기까지 한 소년의 눈빛은 영화를 보는
내내 가슴을 무겁게 짓눌렀고 마지막 장면에 나오는 단 한
번의 웃음마저 가슴을 저몄다.

영화 속에서 소년은 자신이 살고 있는 세상을 '아무도
바라보지 않는 서류 없는 삶'이라고 말한다. 소년에게는 삶
자체가 지옥이었고 "우린 그냥 벌레야. 사는 게 내 신발보다
더러워"라며 그런 삶을 살게 한 어른들을 처벌해 달라고
요구한다. 레바논의 수도 베이루트에서 태어났을 뿐인 그
어린 소년에게 나라에서 일어난 전쟁과 정치 상황이 무슨

상관이겠는가. 그저 산다는 것 자체가 너무 큰 짐이 되어 버린 그 어린 소년이 바로 난민이었다.

인터뷰 끝자락에 이 변호사에게 난민영화제의 목표를 물었다. '선입견과 차별이 없는 세상을 만드는 것'이라는 대답이 돌아왔다. 작은 영화제들이 레퍼토리처럼 쓰는 흔한 단어들이다. 하지만 그놈의 차별과 편견이 얼마나 단단해서 깨지지 않으면, 이렇게 많은 이들이 반복해 이야기하는 것일까.

"영화로 세상을 바꿀 수 있을까?"

사회적 메시지를 담은 영화들은 이 질문 앞에 늘 의심하고 좌절하기도 한다. 그러나 얼마 전 우연히 듣게 된 법륜스님의 온라인 강연에 답이 있었다.

"해야 하는 거다."

생각만 하는 것으로는 변화를 가져올 수 없다. 아무도 한국영화를 보지 않을 때 누군가는 영화를 만들어야 한다며 배고픈 작업을 멈추지 않은 이들이 있었기에 지금의 한국영화가 있다. 아무도 봐 주는 이 없어도 이처럼 메시지를 계속해서 던지며 고집스럽게 나아가야 변화는 찾아올 것이다. 책임감이나 대단한 봉사정신을 갖지 않아도,

그저 전 세계인 모두 난민 문제를 생각하기로 약속한 그 단 하루만이라도 누군가의 존재를 인정하고 알아가 보자. 작지만 큰 난민영화제가 여러분의 가이드가 될 것이다.

호숫가 도시에서 즐기는
SF의 향연

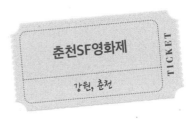

춘천SF영화제

강원, 춘천

TICKET

OTT 채널의 등장으로 극장이 힘을 잃었다고들 하지만,

내가 느끼는 확실히 좋은 점 하나는 현재를 살며 지난

과거의 영화들을 다시 손쉽게 볼 수 있다는 것이다. 얼마 전

2008년에 개봉한 영화 〈워터호스〉가 추천 힐링 영화로 떴다.

실은 이 영화는 내가 홍보했던 작품이다. 당시에 관객이 많이

들지 않아서 아쉬웠는데, 이렇게 다시 관객들을 만난다니

기분이 좋았다.

이야기는 이렇다. 영국 스코틀랜드 작은 호숫가 마을에 사는

소년 앵거스는 신비한 알 하나를 발견한다. 알은 소년의 집

창고에서 부화되고 알에서 태어난 작은 괴물에게 소년은

크루소라는 이름을 붙여 준다. 점점 감당할 수 없을 정도로

커 가는 크루소. 앵거스는 크루소를 떠나보내기가 싫다.
앵거스와 크루소가 호수 여행을 떠나는 수중 장면이 압권인
이 영화는 참 아름답고 따뜻하다.

이 영화가 생각난 이유는 '춘천SF영화제' 때문이다. 의암호와
춘천호, 소양호가 둘러싼 호반의 도시 춘천도 이러한 SF
영화를 찍을 수 있을 만큼 풍부한 상상력을 돋우는 아름다운
풍광을 자랑한다. 스스로도 그것을 잘 알고 있는 것일까?
2020년부터 '춘천다큐멘터리영화제'에 SF 장르라는 새 옷을
입혀 '춘천SF영화제'를 열었다. 왜 새로운 장르를 입히면서
1회로 다시 시작하지 않았는지, 왜 하필 SF라는 장르를
선택했는지 궁금한 점이 많았다.

춘천으로 향하며 예전에 듣던 김현철의 노래 '춘천 가는
기차'가 머릿속에 자동 재생됐다. 대성리를 지나 북한강 길을
내달리는 동안 대학 시절 MT의 기억이 스쳤다. 이 길이 다시
그 시절로 돌아가는 길이라고 상상했다. 그렇게 나는 SF 장르
속으로 들어가고 있었다.

한 사람을 응원하던 영화제, 모두의 영화제로

춘천SF영화제의 시작으로 거슬러 올라가 보자. '한 사람으로
시작된 춘천다큐멘터리영화제'가 바로 이 영화제의 시초다.

그렇다면 그 한 사람이 누굴까? 그는 다큐멘터리 〈오래된 인력거〉, 극영화 〈시바, 인생을 던져〉를 만든 춘천 출신 故 이성규 감독이다. 암 투병 중이던 그를 위해 후배들과 지인들이 특별 상영회를 열어 관객이 가득 찬 상영관에 몰래 그를 초대했던 것이 이 영화제의 시작점이다.

후배들은 그가 떠난 후에도 그를 잊지 않기 위해 해마다 사람을 모아 영화를 상영했다. 그리고 점차 영화제를 통해 지역에 다큐멘터리와 독립영화를 알리겠다는 작은 꿈을 키워가기 시작했고 2020년 드디어 전문 영화인을 영입하며 SF라는 새로운 옷을 입고 다시 태어나게 된 것이다.

내 눈에 이 영화제가 포착된 것이 딱 그 시기다. 2020년에 영화제의 바통을 이어받은 이안 운영위원장은 영화제에 새로운 비전을 더했다. 영화제가 지속가능하려면 콘셉트가 확실해야 한다는 판단을 했고, 그 주제를 SF로 설정했다. 10주년에는 독립 SF는 물론 독립 다큐멘터리 장르로의 확장도 계획하고 있었다. 춘천의 도시 브랜드 가치 상승을 위한 국제영화제로의 확장도 꾸준히 준비했다.

이성규 감독의 삶과 작품은 주변인을 감동시켰고, 결국 하나의 작은 영화제가 되었다. 그리고 이제 그가 돌아간 하늘과 우주처럼 광활한 환상과 모험의 세계는 모두의 앞에

펼쳐지기 시작했다. 영화제는 그렇게 한 사람을 응원하는
자리에서, 모두를 응원하는 영화제로 나아가고 있었다.

SF에 진심인 사람들

코로나 시대, 출판계에서는 SF장르가 효자라고 할 만큼
사랑받았다. 인공지능의 발달, 누리호 발사 성공 등 과학의
발전도 대중의 상상력을 자극하는 데 일조하고 있다.
한편으로는 난세라고 할 만큼 갑갑하고 어려운 상황을
탈출하고 싶은 인간의 욕망이 분출된 것 같기도 하다.
영화제는 그 흐름을 놓치지 않고 SF 오픈토크를 준비하는가
하면 관련 강좌를 꾸준히 열어 SF 마니아들을 지속적으로
양성하겠다는 전략을 세웠다. 오픈토크에는 SF 해설가라
불리는 서울SF아카이브 박상준 대표, 과학연극 〈양자전쟁〉의
김진우 연출, 〈과학하고 앉아있네〉의 원종우 과학
커뮤니케이터 겸 작가, 넷플릭스 영화 〈승리호〉의 유강서애
작가와 윤승민 작가, 과학커뮤니케이터 궤도 등 SF에 진심인
사람들이 총출동했다. 직접 오픈토크를 보지는 못했지만
쟁쟁한 라인업을 보니, 그 자체로 SF에 대한 흥미를 한껏
끌어올리지 않았을까 예측해 본다.
개막식 장소이자 오픈토크 진행 장소인 커먼즈필드 춘천은

젊은 춘천을 대변하는 공간이다. 과거 강원지방조달청이었던 건물을 재구성한 이 커뮤니티 공간에는 카페, 스타트업 등이 입주해 있다. 나는 그 장소에서 마음에 드는 SF영화를 찾기 위해 개막작부터 하나씩 꼼꼼히 관람을 시작했다. SF영화제에는 다른 일반 영화제에 비해 상대적으로 애니메이션도 많다. 다양한 장르 접근이 반가웠다. 국내외 작품을 여러 편 관람하며 나는 현실과는 전혀 다른 차원의 세계를 몇 번이고 왔다 갔다 했다.

제2의 〈지구를 지켜라〉 찾기

내 기억 속 첫 번째 SF영화는 1980년대의 〈E.T.〉다. 어릴 적에 극장에서 관람하면서 온몸으로 재미와 흥분을 느낀다는 것이 무엇인지 체감했다. 주인공 엘리엇이 E.T.를 태운 자전거로 하늘로 나는 장면에서는 나도 모르게 극장 의자 팔걸이를 꼭 쥐었다. 같이 하늘을 나는 듯한 기분이 오래도록 생생하게 남았다. 안타깝게도 그런 희열을 최근에는 느껴 본 적이 없다. 이런 아쉬움은 나만의 것은 아닐 거다. 그런데 이 영화제에서 작은 희망을 봤다.

이 영화제에는 독립 SF 경쟁부문과 어린이청소년 경쟁부문이 있다. 김소연 프로그래머는 특히 이 부문의 영화들을 내게

추천했다. 신인 감독들의 작품들도 많지만 어린이 감독 작품들

수준이 상당하다고 덧붙였다. 태어났을 때부터 각종 기기와

과학, 콘텐츠들을 접한 세대의 상상력은 확실히 남다른가

보다. 지난해 어린이청소년부문 사전제작 지원작으로 선정되어

지원금을 받아 출품한 한 청소년 감독은 "5만 원 이상으로

영화를 만들어 본 게 처음인데…"라고 참석한 소감을 말해

관객들을 한바탕 웃겼다. 그 귀여운 감독이 앞으로 세계적인

SF 대작을 만드는 감독이 되길 잠시 기대해 보았다.

내가 최고로 애정하는 SF영화는 〈지구를 지켜라〉다. 그 어떤

외국의 훌륭한 영화가 나와도 아직까지 내게 가장 재미있는

SF영화다. 장준환 감독의 첫 장편 데뷔작인 이 작품에서

개기월식, 안드로메다 같은 말도 안 되는 썰을 풀어 대는

주인공 병구는 외계인일 것이라고 확신하는 강 사장에게

말도 안 되는 고문을 자행한다. 이유는? 다 지구를 지키기

위해서란다. 강 사장이 진짜 외계인인지 아닌지 반신반의한 채

영화의 마지막을 기다리는 관객들. 현실이 아닌, 어떤 누군가의

깊고 이상한 상상 속에 이렇게나 같이 빠져 버려 극도의

몰입으로 치닫는 게 어찌보면 참 엉뚱하기도 하다. 하지만

SF영화는 드넓은 호수처럼 제3의 세계로 문을 연다.

관객들은 결코 그 재미를 포기할 수 없기에 호숫가든, 산꼭대기든, 지구 위 어딘가에서 우리만의 공상과학영화 보기를 멈추지 않을 것이다.

누구나 극장에서
영화를 즐길 수 있는 권리

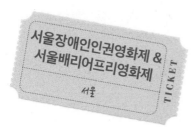

유튜브에 영화제 소개 채널을 기획하고 가장 처음으로 내가
찾아간 영화제는 '서울장애인인권영화제'다. 꼭 소개하고
싶었던 영화제였고 나 스스로도 늘 이야기로만 들어 왔던 그
영화제를 조금 더 알고 싶었다. 주변에서는 인권 얘기부터
시작하다니 너무 센 것 아니냐고 우려했지만, 걱정하지
않았다. 그보다는 아무도 모르는 유튜브 채널 첫 방송인데
인터뷰에 응해 줄까? 하는 걱정이 더 컸다. 다행히 흔쾌한
답이 돌아왔다.

그렇게 만난 박옥순 집행위원은 오히려 "저희가 1회에
출연했기 때문에 이 프로그램은 앞으로 더욱 발전가능성이
있다"며 나를 응원해 주었다. 그 목소리가 아직도 귓가에

맴돈다. 그들은 여러 어려움 속에서도 특유의 씩씩함으로 장애인들이 영화를 만들어 목소리를 낼 수 있는 기회와 환경을 만들어 가고 있었다.

'서울장애인인권영화제'와 함께 소개하고픈 또 하나의 영화제가 있다. 씩씩함에서 결코 뒤지지 않는 '서울배리어프리영화제'다. 주변에 보면 영화를 일로 하는 사람들은 매우 적극적이고 긍정적이라 '안 되면 되게 하라'는 태도와 자기주장이 있다. 이 영화제가 특히 그렇다. 영화가 없으면? 만들면 되지, 영화를 못 보면? 볼 수 있게 하면 되지, 하는 식이다. '이 영화 되게 재밌는데, 이 재밌는 영화를 나만 볼 수는 없잖아?' 하는 생각으로 모두가 볼 수 있게 만들어 낸다. 나는 처음에는 이들이 말하는 '모두'가 장애인을 의미한다고 생각했다. 그런데 그게 아니었다. 나이와 성별, 장애 등 그야말로 세상의 모든 경계를 찾고 그 경계를 지워 나가며 정말 모두를 위한 영화를 최선을 다해 만들고 있었다. 두 영화제를 차례로 소개한다.

일상의 혁명

내가 찾아간 2017년, 제15회 서울장애인인권영화제가 내세운 주제는 '일상의 혁명'이었다. 과연 무슨 의미일까? 또한 왜

그들은 혁명, 투쟁과 같은 다소 강한 단어를 자주 쓰는
걸까? 여러 궁금증이 일었다. 하지만 곧 그 질문이 참으로
멍청했음을 깨달았다.

장애인들은 극장에 가기 쉽지 않다. 상영관마다 장애인석을
마련하고 있는데 왜 못 가느냐고 묻는다면 한번 잘 생각해
보자. 휠체어를 타는 장애인이 영화 한 편을 보기 위해
넘어야 할 장벽은 어마어마하다. 집에서 나와 온통 계단인
건물 안팎은 물론 교통 시설과도 사투를 벌여야 한다. 시청각
장애인들은 또 어떠한가. 대개의 영화관은 그들이 듣고 볼 수
있는 아무런 준비도 해 놓지 않는다. 영화관 자체가 장벽인
셈이다. 그러니 나의 다음 질문 역시도 참 어리석었다. 왜
영화제를 영화관에서 진행하지 않느냐고, 왜 꼭 투쟁까지
해야만 하느냐고 말이다. 부끄러웠다.

당시 영화제가 진행되었던 서울시청 바스락홀은 지하철
시청역에서 엘리베이터로 지하 2층 홀까지 연결되고, 진입할
때 계단이나 턱이 하나도 없음을 그때서야 알았다. 개막식
당일, 휠체어가 갈 수 있는 그 길로 직접 가 보았다. 턱 하나
없이 홀 내부에 도착하는 것은 수월했으나 시작 시간이
되자 휠체어가 상영관 입구 쪽에 몰려 이동 통로가 금세
아수라장이 되었다. 많은 휠체어가 한꺼번에 이동하는

것 자체가 쉽지 않았다. 그래도 그들의 표정은 행복했다.
1년에 딱 한 번 자신들의 영화를 볼 수 있는 바로 그날이기
때문이다.

개막식에는 수화통역사가 무대 위에서 동시통역을 하고
있었다. 덕분에 소통에 불편 없이 영화를 관람할 수 있었다.
누군가에겐 일상인 것을 누리기 위해 이들에게는 용기와
도전, 그리고 혁명이 필요했다.

봉준호 감독이 제77회 골든글로브 시상식에서 〈기생충〉으로
감독상을 수상하며 했던 말이 전 세계인에게 화제가 된 적이
있다.

"자막이라는 1인치 정도의 장벽을 넘으면 더 많은 영화를
즐길 수 있다."

장애인들은 계단과 문턱을 넘어 영화 그 자체의 장벽을 1년에
단 3일, 이 영화제를 통해서만 조금 수월하게 넘을 수 있다.

장벽을 넘어선 그들의 창작 그리고 꿈

이미 많은 사람이 알고 있을 수도 있지만, 취재하면서 알게
된 놀라운 사실이 있다. 영화제의 모든 상영작이 장애인이
직접 만든 창작물이라는 점이다. 나는 취재하기 전까지
이런 사실을 전혀 몰랐다. 당시 상영작은 16편이었다. 보통

영화제들은 기성 작품들을 섞기 마련인데, 이 영화제는 장애인 소재 또는 장애인 감독, 장애인 배우가 연출하고 출연한 작품만으로 해마다 20여 편 정도를 상영한다고 했다. 이는 비장애인이 개최하는 영화제에서 하기에도 쉬운 일이 아니다. 장애인 감독과 배우들의 신작이 해마다 이렇게 쏟아지고 있었다니.

외국에는 장애인 배우가 활발히 활동을 하기도 하고, 그 영역이 따로 인정되고 있지만 아직 우리나라에서는 요원하다. 장애인 캐릭터가 있더라도 대부분 비장애인 배우가 대신 연기를 한다. 그러다 보니 부정적인 이미지로 비춰지는 경우가 많다. 그래서 서울장애인인권영화제는 기성 작품 상영 앞에 많은 고민을 한다. 장애인들이 자칫 상처를 받을 수도 있기 때문이다.

박옥순 집행위원은 내게 여러 상영작을 추천해 주었다. 그중 기억에 남는 작품은 지예, 민구라는 활동가 부부가 연출한 영화 〈묻지마 흥신소〉다. 장애인의 문제를 무엇이든 다 해결해 준다던 흥신소 '광화문 불나방'의 말도 안 되고 어설픈 지원에 거침없이 쌍욕을 날리는 주인공들의 모습이 통쾌함과 웃음을 자아내는 작품이다. 이 작품을 보면 알 수 있듯 장애인 당사자가 직접 만들지 않았으면 전혀 알 수

없었을 이야기이자 그들의 목소리로 직접 전달해야만 누구도
상처받지 않을 그런 이야기였다. 보는 내내 유쾌했지만, 마음
한편에 부끄러움이 동시에 자리 잡는 경험이었다.

박옥순 집행위원의 꿈은 두 가지였다. 장애인 캐릭터의
연기를 인격적으로 잘 소화해 낸 기성 배우에게 주는 '장애인
캐릭터상'을 만드는 것과 이 영화제를 칸 국제영화제 같은
멋진 영화제로 발전시키는 것. 멈출 줄 모르고 계속해서
작품에, 차별에 도전하는 이들의 앞날에 언젠가 멋진
레드카펫을 깔아 주고 싶다.

모두에게 보이고 들리는 영화를 허하라!

'배리어프리(barrier free)'는 장애물이 없는 생활 환경, 즉
고령자와 같은 약자, 장애인도 같이 살기 좋은 사회를
만들기 위해 물리적·제도적 장벽을 허무는 것이다. 건축물과
공공시설 문턱을 없애 너나 할 것 없이 모두가 편하게 다니게
하자, 그렇게 하나씩 발상을 더하고 실현하여 마음의 벽도
허물어 보자는 취지의 사회운동이다. 이러한 선진적인
발상의 영화제가 2011년부터 우리나라에 있었다니 놀랍기도
하고 자랑스럽기도 했다.

(사)배리어프리영화위원회 김수정 대표는 2010년 일본

사가현에서 진행된 배리어프리영화제를 답사하고 '우리도 한번 만들어 보자'라는 생각으로 돌아와 2011년 포럼 형식의 영화제로 먼저 두 편의 영화를 상영했다. 이전에는 '화면해설 한글자막' 영화라고 불렀다고 한다. 단어 그대로 화면해설도 들어가고 한글자막도 들어가기 때문이다. 한글자막은 많이 봐 왔지만 화면해설은 나도 처음 접하는 것이어서 옛 고전영화처럼 변사가 장면 배경을 설명하는 식인가 하고 상상했다. 동시에, 어디부터 어디까지 설명해야 하는 걸까도 궁금했다.

눈이 보이지 않는 사람, 소리가 들리지 않는 사람, 이해가 더딘 사람, 연로한 사람, 나이가 어린 사람 등 많은 사람에게 조금 더 친절한 영화가 필요하다. 그러나 보통의 상영시스템만으로는 그 많은 이들의 불편함을 단번에 해소할 수 없다. 그래서 서울배리어프리영화제에서 상영하는 영화들은 또 한 번의 제작 과정을 거쳐 조금 더 친절하고, 조금 더 잘 보이고, 조금 더 잘 들리는 영화로 만들어 상영한다. 중요한 것은 그 모든 과정과 절차에 '모든 사람이 아무런 장벽 없이 영화를 봤으면 좋겠다'는 기본 취지가 들어 있다는 것. 서울배리어프리영화제는 그야말로 모든 사람이 영화를 즐길 수 있는 자유를 존중한 유일한 영화제였다.

부산국제영화제도 하지 못한 모두를 위한 관람 서비스

"영화를 본다는 건 동시대의 같은 문화를 공유한다는 것이자 공동체 의식을 느낄 수 있는 중요한 요소, 기초 인권이죠." 김수정 대표의 이 말이 마음에 와 닿았다. 영화제라는 매개는 단순히 영화를 볼 수 있도록 하자는 게 아니라 모두의 인권을 보장하며 시대 의식과 공동체 의식을 평등하게 공유할 수 있는 사회로 나아가자는 움직임이었던 것이다. 많은 생각을 하게 했다. 더불어 이 이야기는 편하게 집에서 영화를 즐길 수 있는 문화를 만들 것이냐, 극장과 문화시설에 방문해 영화를 보는 과정을 편하게 만들 것이냐, 둘 중 어느 쪽이 바람직한지에 대한 이야기로 이어졌다. 김수정 대표와 나는 모두 후자를 택했다. 사회 시스템 자체를 평등하게 만드는 쪽으로 이어질 것임은 물론, 영화를 함께 본다는 것 자체가 중요한 공감의 경험이기 때문이다. 함께 집중하는 느낌, 호흡, 웃음이 공존하는 극장. 그게 바로 극장의 존재 이유기도 하다.

배리어프리 버전으로 제작한 모든 영상의 시작에는 '배리어프리 영화란, 기존의 영화 화면을 음성으로 설명해 주는 화면해설과 화자 및 대사, 음악, 소리 정보를 알려 주는 한글자막을 넣어 모든 사람이 함께 즐길 수 있도록 만든 영화입니다'라는 음성과 자막이 동시에 등장했다.

화면해설은 화면 속 풍경이나 이미지를 내레이션으로도

설명하고 자막으로도 표기한다.

"꽃들은 소금을 뿌린 듯이 푸른 달빛을 받아 절경을 이룬다.

풍경으로 영화 제목이 나타난다. 〈메밀꽃 필 무렵〉."

이 내레이션은 애니메이션 〈메밀꽃 필 무렵〉의 예고편

오프닝이다. 이리 곱디고운 설명과 함께 영상을 보니 내가

모르고 지나쳤던 화면 속 작은 장면이나 빠르게 스쳐지나가

놓쳤던 장면까지도 꼼꼼히 눈에 보였다. 한글자막에는

배우들의 대사는 기본이고, 화면 속에 보이지 않는

등장인물들의 목소리가 들릴 경우 배역 표시는 물론

효과음까지 자세히 써 있다. 음악이 들리면 화면 왼쪽

상단에 음표가 삽입되고 '새소리', '바람소리' 같이 대사가

없는 장면 설명을 빠짐없이 자막으로 전했다. 비장애인이

봤을 때는 화면이 다소 복잡해 보일 수도 있다. 하지만 빠른

속도를 따라오지 못하는 고령자나 어린이, 장애인에게는

친절한 서비스다. 모두가 같이 즐기기 위한 최상의 선택이다.

이것이야말로 우리나라 최고의 영화제라 자부하는

부산국제영화제도 하지 못한 그들만의 노력인 것이다.

세상을 보는 눈이 달라질 영화

서울장애인인권영화제와 서울배리어프리영화제. 이
둘은 모두 각자 상영할 영화들을 별도로 제작하고 있다.
서울장애인인권영화제는 장애인이 직접 각본을 쓰거나
연출하고 출연을 하는 방식으로, 서울배리어프리영화제는
영화에 화면해설과 한글자막을 새롭게 입혀 이해의 폭을
넓힌다. 배리어프리 영화 같은 경우는 일반 영화를 베이스로
하기 때문에 만약 영화 제작 프로세스 안에 배리어프리
공정이 포함된다면 금세 해결이 가능하다. 그러나 영화제작
프로세스가 아직까지 모두를 위한 공정은 아니기에
배리어프리영화제가 비용도, 시간도 대신 두 배로 들이고
있는 셈이다. 정책적인 도움이 필요하다.

김수정 대표는 배리어프리 영화를 "일생에 볼 기회가 없을
수도 있지만 한 번 보면 세상을 보는 눈이 달라질 영화"라고
했다. 그의 말은 내가 장애인 인권영화를 보면서 한 생각과
같았다. 세상은 물론 나 스스로를 보는 눈도 달라진다. 그들
영화 속에는 그간 편견으로 가득했던 내 시선도 함께 담겨
있기 때문이다.

이러한 시선의 변화 때문에 이들은 지금도 열심히 달리고
있다. 먼저, 배리어프리영화제는 초기 인지장애가 있는

노인들을 위한 영화 상영을 고민하고, 일본에서 상용화된 UD캐스트 시스템(UDCast System, 폐쇄시스템)을 꾸준히 테스트하고 있다. UD캐스트란 휴대폰 어플리케이션을 이용해 화면해설과 한글자막을 볼 수 있는 시스템이다. 이 시스템의 테스트가 완료된다면 꼭 배리어프리 영화관이 아니어도 전국 어느 극장에서나 시청각 장애인들이 영화를 볼 수 있다. 서울장애인인권영화제 역시 지역을 순회하는 마을장애인인권영화제를 꾸준히 진행한다. 또, 자신들의 영화를 직접 유통하며 계속해서 관객들과의 접점을 찾고 있다. 조금만 고개를 돌려 관심을 갖는다면 우리의 세상과 시선을 바꿀 우리 모두의 영화제와 함께할 수 있을 것이다.

춤과 흥이 어우러진
축제 속 작은 영화제

춤은 화려하지만 그 뒤에는 재능 있고 배고픈 댄서들의 피나는 노력이 있다는 것을 우리는 수많은 예능 프로그램을 통해 알게 됐다. 2021년 방영한 〈스트릿 우먼 파이터〉를 보면서도 나는 우리가 엄청난 흥의 민족이라는 것을 확실히 되새겼다. K팝의 세계화는 어느 순간 이뤄진 것이 아니라 아마도 5천 년 역사를 지닌 한국인에 내재한 본능에서부터 차곡차곡 이어온 것은 아닐까?

몸은 비루하나 흥만큼은 뒤지지 않는 내가 천안에 춤 영화제가 있다는 것을 발견했을 때, 사무치는 궁금증을 참지 못한 것은 당연했다. 처음에는 교통의 요지인 줄로만 알았던 천안에서 춤, 그것도 영화제라니 뜬금없는 조합이라고도 생각했지만, 이내 기억해 냈다. '천안삼거리 흥~' 하고 부르던 민요의 멜로디를 나도 모르게 흥얼거린 것이다.

찾아보니 '흥타령'이라고도 부르는 이 노래, '천안삼거리'에 착안해 천안에서는 2003년부터 '천안흥타령춤축제'라는 규모가 큰 페스티벌을 개최하고 있었다. 그리고 2010년부터 별도로 작게 열었던 영화제를 축제와 접목시켜 2017년 '천안춤영화제'로 재탄생시켰다. 축제에서 벌어지는 공연도 공연이지만, 흔히 보기 힘든 춤 소재의 영화를 볼 수 있는 영화제라니 적잖이 설렜다. 내 안의 흥을 한껏 끌어 올려보기 위해 매번 지나치기만 했던 그 천안으로 향했다.

춤, 흥의 기운을 끌어모으다

천안하면 떠오르는 것은 단연코 천안삼거리다. 물론 천안호두과자도 빼놓을 수 없지만. 천안삼거리는 조선시대 때부터 서울에서 경상도와 전라도로 가려면 꼭 거쳐야 하는 길목이었다. 지금은 뚜렷하게 삼거리가 존재하지는 않지만 현재도 천안은 교통의 요지다. 천안시 동남구 병천면에 있는 아우내 장터에서 유관순 열사가 독립을 외쳤다는데, 아마도 이 천안삼거리를 통해 빠르게 전국으로 확산되길 바라는 고도의 전략이 아니었을까 하는 상상을 해 봤다. 이 교통의

요지에서는 예부터 각 지역의 특산물은 물론 가축 거래가
성행했을 터. 그래서 여기 병천순대가 그리 유명해졌나? 혼자
또 상상의 나래를 펼치며 아우라가 범상치 않은 순댓국집들
옆을 지났다. 전국 각지 상인들은 물론 서울과 경상도,
전라도를 오가는 사람들이 모두 모이는 이곳에 붐비는
장터가 있는 것은 당연한 일. 게다가 장터에는 국밥을 비롯한
먹거리와 술이 있고, 흥이 있고 춤이 있었을 것이다.

사실 '흥타령'에 등장하는 흥은 즐거움의 흥이 아니다. 삶이
힘들고 팍팍해서 기막히다는 느낌의 일종의 탄식이라고
한다. 그러니 어느 하나 삶이 쉬웠을 리 없는 사람들은 이
노래를 흥겹게 불렀을 터다. 이 길목에 전국 각지의 흥돌이,
흥순이들이 남긴 흥의 기운은 그렇게 모였을 것이다.

천안은 천안흥타령춤축제에 그 흥의 기운을 모두 쏟아
붓는다. 천안시청부터 각종 체육관과 모든 문화예술 시설을
다 오픈해 행사를 벌이고, 큰 도로에서 차량을 통제해
가며 거리 댄스 퍼레이드도 벌인다. 축제와 춤, 노는 것에
진심이라는 것이 눈에 보였다. 각종 댄스 경연대회부터 공연,
스트릿 댄스 스쿨, 막춤대첩 등 어린아이부터 어르신까지
즐길 수 있도록 연령과 장르 불문, 춤의 모든 것을 모았다.
꽤 오래된 지역 축제답게 참여 인원도 많았고, 관객들도

꽤나 친숙하게 행사를 즐겼다. 모두가 춤을 추는 축제라니, 프로그램을 보는 것만으로도 흥이 돋았다.

화려한 축제 속 작은 춤 영화들

최근 류승룡, 염정아 주연의 〈인생은 아름다워〉라는 뮤지컬 영화가 개봉하며 춤으로 로맨스 드라마 속에 재미를 더한 작품이 등장했다. 하지만 아쉽게도 우리나라에는 춤 영화가 그리 많지 않다. 개봉을 해도 큰 흥행으로 이어진 적이 없어 내 기억 속 춤 영화는 〈더티댄싱〉, 〈스텝 업〉 같은 해외영화들이 전부다. 나는 춤 영화를 좋아한다. 춤을 직접 보는 것도 좋지만 잘 짜인 스토리가 함께 등장하는 음악과 춤은 감정을 더 요동치게 한다.

기대를 갖고 천안춤영화제가 열리고 있는 상영관으로 향했다. 상영은 천안시청 안에 있는 공연장인 봉서홀과 천안시영상미디어센터 비채에서 진행되었다. 나는 둘 중 비채에서의 영화 관람을 결정했다. 시의 이름이 붙은 영상미디어센터의 존재가 궁금했기 때문이다.

천안시영상미디어센터는 천안문화재단의 소속으로, 영화제 프로그램을 도맡아 운영하는 곳이자, '인디플러스 천안'이란 이름으로 독립영화를 상영하는 곳이기도 하다. 조용한 시장길 끝에 자리한 미디어센터는 평소에도 각종 미디어 관련 교육과 활동, 상영 지원 등 다양한 활동을 하고 있었고, 장비는 물론 공간대여도 한다고 했다. 상영관은 4층에 있었는데, 암막을 거둔 평상시에는 창문으로 자연광이 들어오도록 했다는 점이 좋았다.

영화제는 춤을 소재로 한 전문 부문과 천안을 소재로 한 지역 부문으로 나누어 단편영화공모전을 열고 있어서 로컬 영화를 함께 관람할 수 있다. 내가 찾은 2022년에 소개된 작품 중에는 '댄스필름'이 많았다. 댄스필름이란 춤과 영상을 결합한 독립 예술형식의 장르를 지칭한다. 영화와 달리 자막이나 대사가 없는 경우도 많아서 조금 생소할 수도 있다. 특히 현대무용 장르의 댄스필름은 내용의 의미를 이해하기가 어려운 난해한 작품이 많은 편인데, 내가 갔던 해가 유독 그랬다. 주제가 무거운 작품도 상당수였다. 하지만 자신의 질병과 그 고통을 이겨 내는 과정을 오롯이 춤으로 표현한 〈서퍼(Suffer)〉와 같은 작품은 춤을 전혀 모르는 대중이 이해하기에도 쉬워 그 감정을 공감하기에 충분했다.

그 외에도 환경이나 독창적인 세계관을 묘사한 미래지향적인 작품들이 소개되어 신선했다. 화면을 가득 채운 몸짓들은 영화가 끝난 후에도 시각에 각인된 것처럼 강렬하게 남아

여운이 쉽게 가시지 않았다. 쉽게 만날 수 없는 특별한
경험이었다.

영화와 춤이 있는 일석이조 페스티벌

상영관을 빠져나와 축제의 현장인 천안종합운동장으로
발걸음을 돌렸다. 같은 주제의 축제와 영화제가 함께하는
것은 굉장한 시너지를 일으킨다. 한편에서 다 채우지 못한
흥을 다른 한편에서 온전히 채워 주는 것처럼 느껴졌다.
주 무대에서 국제춤대회 본선무대가 열리고 있었다. 세계
각국에서 온 무용단들이 민속춤을 겨루는 무대였다.
아시아와 유럽 각지에서 참석한 무용단들이 아주 다양한
무대를 선보였다. 신나고 흥미로웠다. 다음 무대는 또 어떤
나라의 춤을 볼 수 있을지 사뭇 기대가 됐다. 영화의 여운에
사로잡혀 있던 마음이 가벼워지며 점차 흥이 차올랐다.
더불어 이런 생각이 들었다. 영화를 이 야외 대형무대에서
상영하면 어떨까? 큰 화면에서 함께 춤을 추며 관람하는
거다. 영화 속 장면에 맞춰 진짜 댄서가 나와 춤을 재현하기도
하고, 밴드가 그에 맞춰 연주도 한다면 더욱 멋질 것이다.
〈스텝 업〉을 야외에서 상영한 후 이어 스트릿 댄서들이
거리를 활보한다면 나는 정말 소리치며 열광할 것만 같다.

팔은 안으로 굽는다고, 난 영화가 제일 좋은가 보다. 멋진

공연을 보면서 이런 생각이나 하다니 말이다. 그렇지만 역시

영화에는 스크린을 통해 특별한 경험과 공감을 체험하게

하는 마법 같은 힘이 있다. 시간만 맞았다면 소울, 보깅, 락킹,

왁킹 등 장르별 스트릿 댄스를 배워 볼 수 있는 프로그램으로

달려갔으련만 그러지 못했다. 마지못해 떠나는 척 아쉬워하며

천안역 포장마차 거리로 향했다.

걸어가는 동안 오래 전, 내가 마케팅에 참여했던

〈쉘 위 댄스〉란 일본영화가 떠올랐다. 개봉 당시만 해도

우리나라에서는 댄스 스포츠가 그리 익숙하지 않았다.

하지만 춤을 추고 있는 배우들의 모습에 함께 설레고,

함께 긴장하며 행복해 했던 기억이 난다. 어떤 액션영화나

코미디영화에서도 느낄 수 없는, 춤만이 줄 수 있는

넘치는 희열과 무대의 짜릿한 긴장감이 춤 영화에는 있다.

천안춤영화제에서 그런 영화를 또 만날 수 있기를 기대해

본다.

KT&G상상마당시네마음악영화제

지금은 사라졌지만, 무척이나 애정했던 영화제가 있었다.
KT&G상상마당시네마음악영화제다. 음악 소재 영화제 특유의 매력이
담긴 영화제로, 인디뮤지션들이 대거 무대에 올라 독립영화를 응원했던,
그야말로 가장 홍대스러운 음악영화제였다. KT&G란 대기업이 잠시
영화사업의 존폐를 고민하던 차에 예술영화관인 KT&G상상마당시네마의
운영진도 바뀌었고 그때 이 영화제도 사라졌다. 또 다른 음악영화제로
더 화려하고 큰 제천국제음악영화제도 있다. 하지만 분위기나 참여하는
사람들이 달랐던 만큼, 매력 넘치던 이 영화제가 사라진 것이 많이 아쉽다.

고창농촌영화제

전북 고창군과 농촌을 소재로 하는 이 영화제는 유튜브 채널에 공개되는
영화만 보더라도 순박하기 그지없다. 고창의 특산물인 수박, 장어 등을
소재로 지역을 향한 애정이 가득하다. 유일한 극장인 고창동리시네마와
농촌을 테마로 한 그들만의 영화제가 궁금하다.

경계를 넘어, 모두가 함께 즐기는

그래 이 맛이지! 내게는 여전히 궁금한 영화제

세상이 멈춘 것만 같았던 팬데믹 시절도 지나가고, 세상은
점차 예전으로 돌아가는 분위기다. 한산했던 출퇴근길도
거리로 나온 사람들로 조금씩 분주해져 간다. 대학가도
활기를 되찾은 듯 축제의 열기가 전해지기 시작했고
영화제도 정상 개막을 알렸다.

꼭 팬데믹 때문이라고는 할 수 없지만 3년의 시간 동안
많은 것이 사라지고 다시 시작하기를 반복했다. 영화제도
마찬가지였다. 아쉽게도 수십여 개의 영화제가 작별을
고했고, 또 다른 영화제가 제1회 시작을 알렸다. 극장
개봉작이 줄어든 대신 OTT 채널이 급성장하여 신작을
쏟아내기 시작했고, 많은 관객이 극장 스크린에서 TV

화면으로 시선을 옮겼다. 누군가는 채널의 확장이라 했고 누군가는 극장의 쇠퇴라 했다.

영화계는 고사 위기라며 심각성을 토로했다. 유명 영화감독과 배우들은 TV나 OTT 드라마에서 활약했고, 천만 관객을 운운하던 영화관계자들은 백만 관객에도 감사하게 되었다. '위기는 기회', '잃으면 얻게 된다'는 상투적인 말에 희망을 거는 이들도 있다. 영화계, 아니 문화 전반에 새로운 시대가 열렸다.

3년 만에 정상 개최를 알린 제23회 전주국제영화제는 오랜만에 영화인들이 대거 참석하는 영화제였다. 나 역시 영화제 투어를 다시 시작했다. 상영관과 가장 가까운 곳에 숙소를 잡고 아침에 눈뜨자마자 브런치를 먹고, 동네 주민 마냥 터덜터덜 영화의 거리를 걸어 영화관으로 갔다. 사전예매를 할 수도 있었지만 그냥 현장예매를 했다. 상영시간표에 보고 싶은 작품을 찾아 동그라미 표시를 해 가며, 작품 정보를 같이 검색하느라 오랜만에 시간 가는 줄 몰랐다.

요새는 온라인 티켓을 주로 사용해서인지 현장 예매 시 출력된 티켓을 분실하면 절대 못 들어간다며 잃어버리지 말라고 신신당부한다. 그래서일까, 오랜만의 종이 티켓이 꽤 반갑고 왠지 더 소중하게 느껴졌다. 오전에는 단편영화, 오후에는 장편영화를 봤다. 역시 영화제는 단편영화 맛집. 블록버스터급

단편영화들의 만듦새에 깜짝 놀랐다. 신예 연기파 배우들도 눈에 들어온다. '저 배우 연기 잘하네…' 하며 영화를 보다가 그해 백상예술대상 TV부문에서 여자조연상을 탄 김신록 배우라는 것을 알았다. TV에서는 볼 수 없던 또 다른 그의 매력이 이 단편영화에 있었다. 스케줄에 맞추어 걸으며 이 영화, 저 영화를 고민하는 것은 타지로 여행을 떠나 이곳저곳 명소를 찾아다니는 기분과 꽤 흡사하다. 게다가 전주는 맛집 부자 동네라 영화제 여행지로 금상첨화다.

몇 년 만에 꽉 들어찬 극장의 한가운데 앉아 영화제를 소개하는 리드필름이 도는 순간, 괜히 울컥했다. '그래. 이거지. 이 맛이지!' 그동안 참고 기다리던 장면이 아닌가. 영화제는 영화 축제다. 그러므로 이렇게 다른 관객들과 함께 극장에서 봐야 제맛이다. 같은 이야기를 기대하고, 숨죽이며 공감하고, 때로는 같이 울고 웃는 현장. 엔딩 크레딧이 올라갈 때는 수고했다고 박수도 열심히 치며 관객으로서의 마음을 전하는 미덕이 있는 곳이 영화제다.

우리뿐 아니라 세계의 영화제에서도 후끈한 열기가 느껴지는 듯했다. 제75회 칸 국제영화제는 3년 만에 제대로 영화제를 개최했고, 각국의 수많은 사람들이 방문해 그 열기를 전했다. 모두 한껏 들뜬 모습이 보였다. 우리에게는 박찬욱 감독의 감독상 수상과 송강호 배우의 주연상 소식도 함께 전해져 더욱 의미 있었다.

코로나 기간 동안 우리 모두는 어떤 것을 잃었고 무언가를 얻었다. 마치 극장이 이미 사라지기라도 한 듯 온라인으로 영화를 관람하고 온라인으로 행사를 진행하며 많은 생각이 오갔을 것이다. 나 역시 그랬다. 잘 보지도 않던 유튜브를 찾아보고, 텅 빈 극장 객석을 보며 선배가 된 입장에서 아무것도 해 줄 수 없는 자괴감에 한없이 무기력해질 때도 있었다. 그동안 무심코 지나쳤던 많은 것들이 아쉽고 소중하며 감사했다. 그러는 사이 TV에도, 휴대폰에도, 메타버스에도 영화관과 영화제가 생겼다. 시장은 더 빠르고 치열해졌다. 그 많던 영화잡지가 사라질 때도 이 정도의 혼란은 아니었던 것 같다. 그러나 변하지 않는 것은 단 하나. 관객들은 언제 어디서나, 어떤 방식으로든 새로움과 재미를 찾는다는 것이다. 때문에 과감히 새로움을 받아들인 채널은 승전보를 울렸고, 기존의 방식을 고수한 채널들은 당황하며 어리둥절해 했다. 관객들이 어디로 갔는지 찾아 헤매며 다시 오지 않을까 두려워했다.

그럼에도 영화제를 찾는 관객들은 과연 무엇이 있기에 먼

곳도 마다하지 않고 찾아오는 것일까. 아마도 가장 빠르게 새 작품을 먼저 만나고 싶어서, 원하는 메시지가 분명한 영화를 만나고 싶어서, 멀티플렉스와는 비교할 수 없는 색다른 스크린을 만나고 싶어서가 아닐까? 눈을 떠서 다시 잠이 들기 전까지 색다르며 새로운 작품을 만날 수 있는 것이 영화제의 매력이다.

그래서 관객들은 기다렸을 것이다. 영화제를 통해 영화를 한껏 더 재미있게 즐길 수 있을 그날을 말이다. 아무리 OTT 채널이 날고 기어도, 그들은 극장에서 영화 보는 맛을 포기하거나 놓치고 싶지 않았을 거라고 나는 믿는다.

내가 앞서 소개한 영화제가 많이 생소할 수도 있다. 다양한 시선과 메시지를 담은 이 영화제들에 분명 당신이 진짜 원하던 영화가 있을지도 모른다. 흥행몰이에 휩쓸려 나만이 알고 싶은 작품을 오랫동안 놓치고 있지는 않았는지 다시 한 번 되돌아보는 시간이 되었으면 좋겠다. 누군가의 추천이나 흥행작이나, 유명 배우가 나오지 않더라도 어떤 영화는 내게 인생에서 가장 소중하고 짜릿한 영화로 기억될 수 있다. 그러니 당장 침대든 소파든 당신의 방구석 1열에서 탈출하시기를 바란다.

바야흐로 영화제의 시대가 다시 돌아왔다. ✺

고마운 분들

무주산골영화제	조지훈
그랑블루페스티벌	김문희
광명동굴국제판타지페스티벌	조재홍
목포국도1호선독립영화제	정성우
목동워커스영화제	조진호
서울국제음식영화제	원윤경
도시영화제	김영후, 강상아
서울국제대안영상예술페스티벌	김장연호
부산청년영화제	백지영, 최수영
레지스탕스영화제	오동진
서울인디애니페스트	최유진
인디포럼	박홍준
난민영화제	이현서
춘천SF영화제	이안, 김소연
서울배리어프리영화제	김수정
서울장애인인권영화제	박옥순
천안춤영화제	곽태형

이현승, 이지승, 윤재선, 오수민, 배선옥, 송근수, 박미하, 이가은, 손효정, 강새힘, 이선경, 정원주, 강희경, 강은숙, 이고은, 이은경, 이기풍, 박현주

몹티비	문종규, 김철수, 김태욱, 곽언영, 박상현, 박정환, 양진억, 박민현
and	아담스페이스 직원들
Special thanks to	서투른 JK

부록

매달 어디서, 어떤 영화제가 열릴까?

대한민국 영화제 리스트

* 영화제 리스트는 2022년 12월에 작성되었으며, 개막일을 기준으로 합니다.
매해 영화제 개최 날짜가 상이함으로 정확한 정보는 각 영화제의 공식 사이트에서 확인해
주시길 바랍니다.

2월

서울공정영화제(서울)

재팬필름페스티벌(온라인)

3월

목동워커스영화제(서울)

마리끌레르영화제(서울)

섬마을영화제(경남 통영)

아세안영화주간(서울, 부산, 온라인)

4월

울주세계산악영화제(울산)

아산충무공국제액션영화제(충남 아산)

부산국제단편영화제(부산)

청년평화영화제(서울)

전주국제영화제(전북 전주)

서울장애인인권영화제(서울)

5월

들꽃영화제(서울)

익산장애인영화제(전북 익산)

서울국제노인영화제(서울)

해외자매우호도시영화제(경북 포항)

디아스포라영화제(인천)

광화문국제단편영화제(서울, 온라인)

서울락스퍼국제영화제(서울)

울산반구대산골영화제(울산)

에무시네마별빛영화제(서울)

6월

무주산골영화제(전북 무주)

서울환경영화제(서울)

문경단산영화제(경북 문경)

종로장애인인권영화제(서울)

서울국제어린이영화제(서울)

난민영화제 (서울)

의정부독립영화제 (경기 의정부)

광주독립영화제 (광주)

평창국제평화영화제 (강원 평창)

평택국제영화제 (경기 평택)

7월

부산푸드필름페스타 (부산)

무학산영화제 (경남 창원)

서울여성독립영화제 (서울)

인천여성영화제 (인천)

부천국제판타스틱영화제 (경기 부천)

부산국제어린이청소년영화제 (부산)

서울국제실험영화페스티벌 (서울)

꼽사리영화제 (부산)

한국퀴어영화제 (서울)

브로드웨이영화제 (서울)

전북가족영화제 (전북 전주)

국제해양영화제 (부산)

부산락스퍼국제영화제 (부산)

울산단편영화제 (울산)

양평힐링영화제 (경기 양평)

아랍영화제 (부산, 온라인)

서울남아시아영화제 (서울)

시네바캉스서울 (서울)

8월

정동진독립영화제 (강원 강릉)

KF세계영화주간 (서울, 온라인)

인천독립영화제 (인천)

제천국제음악영화제 (충북 제천)

익산여성영화제 (전북 익산)

목포국도1호선독립영화제 (전남 목포)

청주국제단편영화제 (충북 청주)

서울국제대안영상예술페스티벌 (서울)

남구강변영화제 (울산)

대한민국청소년영화제 (대전)

대구단편영화제 (대구)

세계일화국제불교영화제 (서울)

서울국제여성영화제 (서울)

원주장애인인권영화제 (강원 원주)

우리나라가장동쪽영화제 (경북 울릉)

거창상천마을영화제 (경남 거창)

텐트영화제 (메타버스)

예천국제스마트폰영화제 (경북 예천)

서대문독립민주영화제 (서울)

서울웹페스트영화제 (서울)

EBS국제다큐영화제 (서울, 경기 고양)

9월

원주옥상영화제 (강원 원주)

희허락락여성영화제 (전북 전주)

창원여성인권영화제 (경남 창원)

Jeolla누벨바그영화제 (전북 남원)

안양여성인권영화제 (경기 안양)

부산인터시티영화제 (부산)

머내마을 영화제 (경기 용인)

망우별빛영화제 (서울)

커뮤니티시네마페스티벌
(서울, 부산, 목포, 원주, 전주, 대구, 인천)

충북여성영화제(충북 청주)

대구청년영화페스타(대구)

고양여성영화제(경기 고양)

무중력영화제(서울)

시흥여성인권영화제(경기 시흥)

원주여성영화제(강원 원주)

먼지영화제(부산)

서울인권영화제(서울)

천안춤영화제(충남 천안)

서울인디애니페스트(서울)

DMZ국제다큐멘터리영화제
(경기 파주, 고양)

국제무형유산영상축제(전북 전부)

섬진강마을영화제(전남 곡성)

그랑블루페스티벌(강원 양양)

개복여성영화제(전북 군산)

몽당연필영화제(서울)

광진인권행동영화제(서울)

파주국제세계로영화제(경기 파주)

서울국제사랑영화제(서울)

광명여성인권영화제(경기 광명)

반부패청렴영화제
(충북 청주, 제천, 옥천, 온라인)

제주여성영화제(제주)

서울교통공사국제지하철영화제(서울)

춘천SF영화제(강원 춘천)

전주국제단편영화제(전북 전주)

대전철도영화제(대전)

충북세계가족영화제(충북 청주)

대청호가 그린 영화제(대전)

경기필름스쿨페스티벌(경기 성남, 온라인)

강릉장애인인권영화제(강원 강릉)

인디포럼(서울)

헤이리시네마 국제단편영화제(경기 파주)

스웨덴영화제(서울, 부산, 인천, 대구, 광주)

폴란드영화제(서울)

유니카코리아국제영화제(경북 경산)

10월

창원환경영화제(경남 창원)

제주혼디독립영화제(제주)

성남다시영화제(경기 성남)

부산국제영화제(부산)

제주드론필름페스티벌(제주)

논산한옥마을영화제(충남 논산)

부마민주영화제(경남 마산)

간뎃골영화제(광주)

여성인권과평화온라인영화제(온라인)

양주배리어프리영화제(경기 양주)

서울영등포국제초단편영화제(서울)

충북국제무예액션영화제(충북 청주)

합천수려한영화제(경남 합천)

서울국제음식영화제(서울)

아프리카영화제(서울, 부산, 온라인)

섬진강영화제(전북 순창)

부천국제애니메이션페스티벌
(경기 부천)

고양환경영화제(경기 고양)

인천영화주간(인천)

전북독립영화제(전북 전주)

가톨릭영화제(서울)

부산평화영화제(부산)

서울국제건축영화제(서울, 온라인)

서울동물영화제(서울)

충무로영화제-감독주간(서울)

고창농촌영화제(전북 고창)

창원국제민주영화제(경남 창원)

모두를 위한 기독교영화제(서울)

지구를 떠도는 유령영화제(서울)

서울국제만화애니메이션페스티벌
(서울)

서울노동인권영화제(서울)

아시아국제청소년영화제
(한국, 중국, 일본)

부산청년영화제(부산)

11월

아동권리영화제
(서울, 대전, 대구, 울산, 온라인)

부천노동영화제(경기 부천)

도시영화제(서울)

대구여성영화제(대구)

전북청소년영화제(전북 전주)

대한민국페럴스마트폰영화제(서울)

제주프랑스영화제(제주)

급이 있는 영화제(부산)

서울국제프라이드영화제(서울)

서울무용영화제(서울)

금천패션영화제(서울)

충무로단편독립영화제(서울)

용산청년영화제(서울)

진주같은영화제(경남 진주)

콤플렉스영화제(부산)

광주여성영화제(광주)

서울배리어프리영화제(서울)

제주국제장애인인권영화제(제주)

성북청춘불패영화제(서울)

대한민국대학영화제(서울)

답십리영화제(서울)

건넛마을단편영화제(경기 구리)

051영화제(부산)

대단한단편영화제(서울)

2030청년영화제(서울)

가치봄영화제(서울)

꽃심어린이청소년영화제(전북 전주)

부산독립영화제(부산)

용인시장애인인권영화제(경기 용인)

각양각색영화제(인천)

뉴웨이브영화제(전북 전주)

김포국제청소년영화제(경기 김포)

그림자단편영화제(경기 광명)

사천인권영화제(경남 사천)

인천인권영화제(인천)

프랑스영화주간
(서울, 경기 파주, 인천, 대전, 광주)

목포인권영화제(전남 목포)

부산여성영화제(부산)

제주영화제(제주)

우크라이나영화제(서울)

이탈리아영화제(서울)

헝가리영화제(서울, 부산)

스페인영화제(서울)

중남미영화제(서울)

12월

서울독립영화제(서울)

수원사람들영화제(경기 수원)

진주여성영화제(경남 진주)

인천시민영화제(인천)

빛가람국제평화영화제(전남 나주)

대전독립영화제(대전)

종로문화다양성영화제(서울)

제민천보통영화제(충남 공주)

소태산영화제(전북 익산)

표현의자유영화제(전국)

충북교육영화제(충북 청주)

규암산책영화제(충남 부여)

강릉인권영화제(강원 강릉)

김해시민영화제(경남 김해)

강원영화제 햇시네마페스티벌(강원 원주)

부산해운대국제동물생명영화제(부산)

필름게이트 단편영화제(서울)

충청권청소년연합영화제(충남 홍성)

교육영화제(서울)

완주농한기영화제(전북 완주)

부산반핵영화제(부산)

상록수디지로그월드영화제(경기 안산)

여성인권영화제(서울)

울산국제영화제(울산)

KOFIC 중국영화제(서울)

유니크영화제(서울)

포르투칼영화제(서울)

인도영화제(부산, 인천, 전남 순천)

온라인국제다양성영화제(서울)

©무주산골영화제

©무주산골영화제

©무주산골영화제

서울국제건축영화제

전주국제영화제

천안춤영화제

천안춤영화제

©그랑블루페스티벌

국제무형유산영상축제

©그랑블루페스티벌

광명동굴판타지페스티벌

도서출판 남해의봄날. 비전북스 33
우리 인생의 모범답안은 정해져 있지 않습니다. 대다수가 선택하고, 원하는 길이라 해서
그곳이 내 삶의 동일한 목적지는 될 수 없습니다. 진정한 자유를 위해 용기 있는 삶을
선택한 이들의 가슴 뛰는 이야기에 독자 여러분을 초대합니다.

이 중에 네가 좋아하는 영화제 하나는 있겠지
설레는 전국 영화제 여행

초판 1쇄 펴낸날 2023년 4월 25일

지은이	김은
편집인	박소희책임편집, 천혜란
마케팅	황지영, 이다석
디자인	로컬앤드
종이와 인쇄	미래상상

펴낸이	정은영편집인
펴낸곳	(주)남해의봄날
	경상남도 통영시 봉수로 64-5
	전화 055-646-0512
	팩스 055-646-0513
	이메일 books@namhaebomnal.com
	페이스북 /namhaebomnal
	인스타그램 @namhaebomnal
	블로그 blog.naver.com/namhaebomnal

ISBN 979-11-93027-02-8 03810
©김은, 2023